Contemporánea

Albert Camus (Mondovi, Argelia, 1913 - Villeblevin, Francia, 1960) fue uno de los escritores e intelectuales franceses más importantes del siglo XX. Escribió novelas, relatos, ensayos, crónicas y obras de teatro, así como adaptaciones escénicas de grandes novelas modernas. Durante la ocupación alemana dirigió el periódico de la Resistencia francesa *Combat* y, después de la guerra, mantuvo una postura de izquierdas, aunque se fue alejando del marxismo y el comunismo. En su labor periodística, abordó la realidad francesa de su época, dio cuenta de las injusticias presenciadas en su Argelia natal y defendió la causa de la República española. Muy próximo a España y su cultura, adaptó a la escena francesa *El caballero de Olmedo* de Lope de Vega y *La devoción de la Cruz* de Pedro Calderón de la Barca. Entre sus libros destacan las novelas *El extranjero*, *La peste* y *La Caída*; las piezas *Calígula* y *El malentendido*; y los ensayos *El mito de Sísifo* y *El hombre rebelde*. Autor de una obra amplia y polifacética, Albert Camus recibió el Premio Nobel de Literatura en 1957 «por su importante producción literaria, que ilumina con lúcida seriedad los problemas de la conciencia humana de nuestro tiempo».

PREMIO NOBEL DE LITERATURA

Albert Camus

El exilio y el reino

Traducción de
Manuel de Lope

DEBOLS!LLO

Papel certificado por el Forest Stewardship Council®

Penguin
Random House
Grupo Editorial

Título original: *L'Exil et le Royaume*

Primera edición en Debolsillo: enero de 2022

© 1957, Éditions Gallimard, París
© 2022, Penguin Random House Grupo Editorial, S.A.U.
Travessera de Gràcia, 47-49. 08021 Barcelona
© 2001, Manuel de Lope, por la traducción
Diseño de la cubierta: Penguin Random House Grupo Editorial
basado en el diseño original de Helen Yentus
Fotografía del autor: © Fondo Albert Camus

Printed in Spain – Impreso en España

ISBN: 978-84-663-5811-8
Depósito legal: B-17.641-2021

Compuesto en M. I. Maquetación, S. L.

Impreso en Novoprint
Sant Andreu de la Barca (Barcelona)

P 3 5 8 1 1 8

A Francine

La mujer adúltera

Hacía rato que una mosca flaca daba vueltas por el autocar que, sin embargo, tenía los cristales levantados. Iba y venía en silencio, insólita, con un vuelo extenuado. Janine la perdió de vista, después la vio aterrizar en la mano inmóvil de su marido. Hacía frío. La mosca se estremecía con el viento cargado de arena que rechinaba contra los cristales a cada ráfaga. En la escasa luz de la madrugada de invierno el vehículo rodaba, oscilaba y avanzaba a duras penas con gran ruido de ejes y chapas. Janine miró a su marido. Con aquellos espigados cabellos grises que nacían bajos en una frente apretada, su nariz ancha, su boca irregular, Marcel tenía un aspecto de fauno enfurruñado. A cada bache de la carretera lo sentía saltar junto a ella. Después él dejaba caer su torso pesado sobre sus piernas separadas, y de nuevo permanecía inerte, con la mirada fija, ausente. Únicamente sus gruesas manos lampiñas, que la franela gris que cubría las mangas de la camisa y las muñecas volvía aún más cortas, aparentaban estar en acción. Apretaban con tanta fuerza una pequeña maleta de lona colocada entre sus rodillas que no parecían sentir el titubeante recorrido de la mosca.

De repente se oyó con nitidez el aullido del viento, y la bruma mineral que rodeaba al autocar se hizo aún más espesa.

La arena caía ahora a puñados sobre los cristales, como arrojada por manos invisibles. La mosca agitó un ala friolera, se agachó sobre sus patas y alzó el vuelo. El autocar aminoró la marcha dando la impresión de que estaba a punto de detenerse. Después el viento pareció calmarse, la bruma se aclaró un poco y el vehículo recuperó velocidad. En el paisaje ahogado por el polvo se abrieron agujeros de luz. Dos o tres palmeras escuálidas y blanquecinas, que parecían recortadas en metal, surgieron en el cristal para desaparecer al instante.

—¡Qué país! —dijo Marcel.

El autocar estaba lleno de árabes que fingían dormir sepultados en sus chilabas. Algunos habían recogido los pies debajo del asiento y oscilaban más que los otros con el movimiento del vehículo. Su silencio, su impasibilidad, le resultaban casi insoportables a Janine; le parecía que hacía días que viajaba con aquella escolta muda. Sin embargo, el autocar había salido al amanecer de la terminal de ferrocarril, y hacía dos horas que avanzaba en la mañana fría por un páramo pedregoso, desolado, que al menos al principio se extendía en líneas rectas hacia horizontes rojizos. Pero se había levantado el viento y poco a poco se había tragado la inmensa llanura. A partir de aquel momento los viajeros no habían podido ver nada más; se habían ido callando uno tras otro para navegar en silencio por una especie de noche blanca, enjugándose a ratos los labios y los ojos, irritados por la arena que se infiltraba en el coche.

«¡Janine!». El grito de su marido la sobresaltó. Pensó una vez más en lo ridículo de aquel nombre, que tan poco encajaba con su cuerpo grande y fuerte. Marcel quería saber dónde estaba el maletín de las muestras. Ella exploró con el pie el espacio vacío debajo del asiento, encontró un objeto y dedujo que era el maletín. De hecho no podía agacharse sin sofocarse un poco. No obstante, en el colegio era la primera en gimnasia y sus pulmones eran inagotables. ¿Tanto tiempo hacía de eso? Veinticinco años. Pero veinticinco años no eran nada, porque le parecía que había sido ayer cuando aún dudaba entre una vida libre y el matrimonio, y que había sido ayer también cuando pensaba con angustia en el día en que quizá envejecería sola. No estaba sola, y aquel estudiante de Derecho que no quería dejarla nunca se encontraba ahora a su lado. Había terminado por aceptarlo, aunque fuera un poco bajito y aunque no le gustara demasiado su risa ansiosa y breve, ni sus ojos negros demasiado saltones. Pero le gustaban sus ganas de vivir, algo que compartía con los franceses de aquel país. También le gustaba su expresión desconcertada cuando los acontecimientos, o los hombres, no respondían a sus expectativas. Sobre todo le gustaba ser amada, y él la había cubierto de atenciones. Le había hecho sentir muy a menudo que ella existía para él, y eso hacía que ella existiese realmente. No, no estaba sola...

El autocar se abrió paso entre obstáculos invisibles con grandes toques de bocina. Sin embargo, en el coche nadie se movió. De repente Janine sintió que alguien la miraba y se volvió hacia el asiento contiguo al suyo, del otro lado del pasillo. Aquel individuo no era un árabe y le extrañó no haberlo advertido al principio. Llevaba el uniforme de las unidades francesas del Sahara y un quepis de tela parda sobre un curtido rostro de chacal, largo y puntiagudo. La examinaba con sus ojos claros, fijamente, con una especie de hastío. De repente ella se ruborizó y se volvió hacia su marido, que seguía mirando hacia el frente, hacia la bruma y el viento. Se arropó en el abrigo. Pero aún seguía viendo al soldado francés, alto y delgado, tan delgado en su guerrera ajustada que parecía fabricado con algún material seco y friable, una mezcla de arena y huesos. Fue entonces cuando vio las manos flacas y el rostro quemado de los árabes que iban delante de ella, y observó que parecía estar a sus anchas, a pesar de sus vestimentas amplias, en aquellos asientos en los que su marido y ella apenas cabían. Se recogió los faldones del abrigo. Sin embargo, ella no era tan gorda, sino más bien grande y llena, carnal y aún deseable —bien lo adivinaba en la mirada de los hombres— con su cara un tanto infantil, sus ojos frescos y claros, en contraste con aquel cuerpo grande que ella sabía tibio y relajante.

No, nada sucedía como ella lo había imaginado. Había protestado cuando Marcel quiso que le acompañara en su gira. Hacía tiempo que él pensaba en aquel viaje, exactamente desde el final de la guerra, cuando los negocios habían vuelto a la normalidad. Antes de la guerra, cuando él abandonó sus estudios de Derecho, el pequeño comercio de tejidos que le habían traspasado sus padres les había ayudado a vivir más o menos bien. Los años de juventud pueden ser felices, en la costa. Pero a él no le gustaba demasiado el esfuerzo físico y pronto dejó de llevarla a las playas. No salían de la ciudad en el coche utilitario más que para el paseo de los domingos. El resto del tiempo él prefería su almacén de tejidos multicolores, a la sombra de los soportales de aquel barrio medio indígena, medio europeo. Vivían encima del comercio, en tres habitaciones decoradas con tapicerías árabes y muebles de Barbès. No habían tenido hijos. Los años habían pasado en aquella penumbra que mantenían con los postigos entornados. Durante el verano, las playas, los paseos, el mismo cielo parecían estar lejos. Salvo los negocios, nada parecía interesar a Marcel. Ella había creído descubrir que su verdadera pasión era el dinero, y aquello no le gustaba, aunque no sabía muy bien por qué. Después de todo, ella se beneficiaba de ese dinero. Él no era avaro; al contrario, era generoso, sobre todo con ella. «Si algo me sucediese —decía—, estarías a cubierto». Y, en efecto, era necesario estar a cubierto de la necesidad. Pero ¿dónde hallar abrigo de lo demás, de aquello que no eran las necesidades más simples? Eso era lo que ella sentía confusamente de tarde en tarde. Mientras tanto, ayudaba a Marcel a llevar las cuentas y a veces lo sustituía en la tienda. Lo más duro era el verano, cuando el calor mataba incluso la suave sensación de aburrimiento.

De repente, y precisamente en pleno verano, la guerra, Marcel movilizado y después declarado inútil, la penuria de tejidos, el negocio parado, las calles desiertas y calientes. En adelante, si algo sucedía, ella ya no estaría a cubierto. Por eso era por lo que, en cuanto volvieron las telas al mercado, a Marcel se le había ocurrido recorrer los pueblos de la meseta y del sur para ahorrarse intermediarios y vender directamente a los mercaderes árabes. Había querido llevarla con él. Ella sabía que las comunicaciones eran difíciles, respiraba mal, y habría preferido esperarlo en casa. Pero él era obstinado y ella había aceptado porque se hubiera necesitado demasiada energía para negarse. En ello estaban ahora y, de verdad, nada se parecía a lo que había imaginado. Había tenido miedo del calor, de los enjambres de moscas, de los hoteles pringosos llenos de olores anisados. No había pensado en el frío, en el viento cortante, en esos páramos casi polares llenos de morrenas de guijarros. Había soñado también con palmeras y arena fina. Ahora veía que el desierto no era nada de eso, sino solamente piedra, piedra por todas partes, en el cielo, donde aún reinaba, crujiente y frío, únicamente el polvo de piedra, como en la tierra, donde solamente crecían, entre las piedras, gramíneas secas.

El autocar se detuvo bruscamente. El chófer lanzó de sopetón algunas palabras en aquella lengua que ella había oído toda su vida sin llegar a entenderla nunca. «¿Qué sucede?», preguntó Marcel. El chófer, esta vez en francés, dijo que el carburador debía de haberse obstruido con la arena y Marcel maldijo una vez más aquel país. El chófer se echó a reír enseñando toda la dentadura y aseguró que aquello no era nada, limpiaría el carburador y luego se irían. Abrió la puerta y al momento el viento helado se precipitó dentro del autocar perforándoles el rostro con mil granos de arena. Todos los árabes sumergieron la nariz en las chilabas y encogieron el cuerpo. «¡Cierra la puerta!», aulló Marcel. El chófer se reía mientras se dirigía hacia la puerta. Tomó tranquilamente algunas herramientas de debajo del salpicadero, y después, minúsculo en la bruma, desapareció de nuevo por la parte delantera, sin cerrar la puerta. Marcel suspiró. «Puedes estar segura de que no ha visto un motor en su vida». «Es igual», dijo Janine. De repente se sobresaltó. En el terraplén, muy cerca del autocar, unas formas envueltas en mantas permanecían inmóviles. Detrás de una muralla de velos solo se veían sus ojos, bajo la capucha de la chilaba. Mudos, surgidos quién sabe de dónde, contemplaban a los viajeros. «Pastores», dijo Marcel.

En el interior del coche el silencio era absoluto. Con la cabeza baja, todos los pasajeros parecían escuchar la voz del viento en libertad sobre aquellos interminables cerros. De repente Janine se asombró de la casi total ausencia de equipaje. En la terminal de ferrocarril el chófer había colocado en el techo su baúl y algunos fardos. En las redecillas del interior del coche solo se veían bastones nudosos y morrales fláccidos. Al parecer, toda aquella gente del Sur viajaba con las manos vacías.

Pero el chófer regresó, siempre alerta. También él se había cubierto el rostro y solo sus ojos reían por encima de los pañuelos. Anunció que ya se iban. Cerró la puerta, el viento cesó y se oyó más claramente la lluvia de arena en los cristales. El motor tosió, luego expiró. Al fin empezó a girar, largamente solicitado por el arranque, y el chófer le hizo gemir a grandes golpes de acelerador. El autobús se puso en marcha de un tirón. Una mano se alzó entre la masa andrajosa de los pastores, todavía inmóviles, y después se desvaneció en la bruma, tras ellos. Casi al momento el vehículo comenzó a saltar por la carretera, cada vez en peor estado. Debido a las sacudidas, los árabes se balanceaban sin cesar. Sin embargo, Janine sentía que el sueño la iba invadiendo cuando delante de ella surgió una cajita amarilla llena de caramelos. El soldado chacal le sonreía. Ella titubeó, se sirvió y dio las gracias. El chacal guardó la caja en el bolsillo y se tragó de golpe la sonrisa. Ahora contemplaba fijamente la carretera, delante de él. Janine se volvió hacia Marcel y solo vio su sólida nuca. A través del cristal contemplaba la bruma, más densa, que subía de los inestables terraplenes.

Hacía horas que rodaban y la fatiga había apagado toda manifestación de vida en el coche cuando afuera resonaron unos gritos. Unos niños en chilaba, girando como peonzas, saltando, aplaudiendo, corrían alrededor del vehículo. Ahora circulaban por una calle larga bordeada de edificios bajos; entraban en el oasis. El viento seguía soplando, pero los muros detenían las partículas de arena que ya no oscurecían la luz. Sin embargo, el cielo permanecía cubierto. En medio de los gritos y con un gran chirrido de frenos, el autocar se detuvo junto a los soportales de adobe de un hotel de sucios cristales. Janine se bajó y una vez en la calle sintió que vacilaba. Observó un minarete amarillo y grácil, por encima de las casas. A su izquierda se recortaban ya las primeras palmeras del oasis y habría deseado dirigirse hacia ellas. Pero, aunque era mediodía, el frío era agudo y el viento la hizo tiritar. Se volvió hacia Marcel y primero vio al soldado, que venía a su encuentro. Ella esperaba su sonrisa o su saludo. Él pasó junto a ella sin mirarla y desapareció. En cuanto a Marcel, se hallaba ocupado haciendo que bajaran el baúl con las telas, un cofre negro, izado sobre el techo del autocar. No iba a ser fácil. El chófer era el único que se ocupaba del equipaje y ya se había parado, erguido sobre el techo, para perorar delante del círculo de chilabas que se había reunido alrededor del autobús. Rodeada de rostros que parecían labrados en huesos y cuero, asediada por gritos guturales, Janine sintió de repente la fatiga. «Me subo», dijo a Marcel, que empezaba a interpelar con impaciencia al chófer.

Entró en el hotel. El patrón, un francés delgado y taciturno, se dirigió a ella. La condujo al primer piso, en una galería que dominaba la calle, a una habitación donde únicamente había una cama de hierro, una silla barnizada de blanco, un ropero sin cortinas y, detrás de un biombo de mimbre, un aseo cuyo lavabo aparecía cubierto de fino polvo de arena. Cuando el patrón cerró la puerta Janine sintió el frío que desprendían las paredes, desnudas y blanqueadas con cal. No sabía dónde dejar su bolso, ni dónde ponerse ella misma. Había que acostarse o estarse de pie, y en ambos casos tiritar. Permaneció de pie, con su bolso colgando del brazo, contemplando una especie de tragaluz que se abría al cielo, cerca del techo. Esperaba, pero no sabía qué. Únicamente sentía su soledad, y el frío que la iba penetrando, y un peso más pesado en el lugar del corazón. En verdad estaba soñando, casi sorda a los ruidos que subían de la calle con retazos de la voz de Marcel, más consciente, por el contrario, de aquel rumor fluvial que procedía del tragaluz y que el viento hacía nacer en las palmeras, tan cerca ahora, según le parecía. Después, en apariencia, el viento pareció arreciar, y el suave rumor de aguas se convirtió en un silbar de olas. Imaginó un mar de palmeras rectas y flexibles, detrás de las paredes, alborotándose en medio de la tempestad. Nada se parecía a lo que ella había esperado, pero aquellas olas invisibles refrescaban sus ojos fatigados. Permaneció de pie, apesadumbrada, con los brazos caídos, un poco encorvada, mientras el frío subía por sus piernas aplomadas. Soñaba con las palmeras rectas y flexibles y con aquella muchachita que ella había sido.

Después de asearse bajaron al comedor. Sobre las paredes desnudas habían pintado camellos y palmeras, ahogados en una mermelada rosa y violeta. Las ventanas de arco dejaban entrar una luz parsimoniosa. Marcel le pidió información al patrón del hotel sobre los comerciantes árabes. Más tarde, un viejo árabe que llevaba una condecoración militar en su guerrera les sirvió. Marcel estaba preocupado y desgarraba su pan. No dejó que su mujer bebiera agua. «No está hervida. Toma vino». Eso a ella no le gustó, porque el vino la atontaba. Después hubo cerdo en el menú. «El Corán lo prohíbe. Pero el Corán no sabía que el cerdo bien cocido no transmite enfermedades. Nosotros sabemos cocinar. ¿En qué piensas?». Janine no pensaba en nada, o quizá pensaba en aquella victoria de los cocineros sobre los profetas. Pero tenía que darse prisa. Salían al día siguiente por la mañana, más al sur todavía: tenían que visitar por la tarde a todos los comerciantes importantes. Marcel apremió al viejo árabe para que trajera el café. Este asintió con la cabeza, sin sonreír, y salió con pasitos cortos. «Tranquilamente por la mañana, y no demasiado deprisa por la tarde», dijo Marcel riendo. Sin embargo, el café terminó por llegar. Apenas se tomaron el tiempo de beberlo y salieron a la calle polvorienta y fría. Marcel llamó a un joven árabe para que le ayudara a llevar el baúl, pero discutió la retribución por principio. Su opinión, que una vez más hizo saber a Janine, descansaba en efecto sobre el oscuro axioma de que siempre empezaban pidiendo el doble para que les dieran la cuarta parte. Janine seguía a los

dos porteadores a disgusto. Se había puesto un vestido de lana
debajo de su abrigo grueso, y habría preferido sentirse menos
voluminosa. El cerdo, aunque bien cocido, y el poco vino que
había bebido le producían cierto embarazo.

Caminaban a lo largo de un pequeño jardín público plantado de árboles polvorientos. Los árabes que se cruzaban con
ellos se apartaban aparentemente sin verlos, recogiéndose por
delante los faldones de las chilabas. Incluso cuando vestían
andrajos, ella les veía un aire orgulloso que no tenían los árabes
de su ciudad. Janine iba siguiendo al baúl que abría camino a
través de la muchedumbre. Pasaron bajo la puerta de una muralla de tierra ocre, alcanzaron una pequeña plaza plantada con
los mismos árboles minerales y rodeada al fondo, en su parte
más ancha, de soportales y comercios. Pero se detuvieron en
la misma plaza, delante de una pequeña construcción en forma
de obús, encalada de azul. En su interior, de habitación única,
iluminada solamente por la luz que entraba por la puerta, se
hallaba un viejo árabe de blancos mostachos, detrás de un re-
luciente mostrador de madera. Estaba sirviendo té, alzando y
bajando la tetera sobre tres pequeños vasos multicolores. El
fresco aroma del té a la menta acogió a Marcel y a Janine desde
el mismo umbral, antes de que pudieran distinguir otra cosa
en la penumbra del almacén. Apenas franqueada la entrada con
sus embarazosas guirnaldas de teteras de estaño y bandejas
mezcladas con torniquetes de tarjetas postales, Marcel se halló
contra el mostrador. Janine permaneció en la entrada. Se apartó un poco para no interceptar la luz. En aquel momento se
percató de la presencia de dos árabes que los miraban sonrien-
tes, detrás del viejo tendero, en la penumbra, sentados sobre
sacos repletos que ocupaban totalmente el fondo del local. A lo
largo de las paredes colgaban alfombras rojas y negras y pañuelos bordados, y el suelo estaba atiborrado de sacos y peque-

ñas cajas llenas de semillas aromáticas. Sobre el mostrador, en torno a una báscula de relucientes platillos de cobre y de un viejo metro con las marcas borradas, se alineaban los panes de azúcar, uno de los cuales, despojado de sus pañales de grueso papel azul, aparecía empezado por la punta. Cuando el viejo comerciante dejó la tetera sobre el mostrador y dio los buenos días, el olor a lana y a especias que flotaba en el local se manifestó por encima del aroma del té.

Marcel hablaba con precipitación, con aquella voz baja que utilizaba para hablar de negocios. Después abrió el baúl, enseñó las telas y los pañuelos, apartó la báscula y el metro para desplegar su mercancía ante el viejo comerciante. Se ponía nervioso, alzaba el tono, reía de manera desordenada, tenía todo el aspecto de una mujer que quiere agradar y que no está segura de sí. Ahora, con las manos ampliamente abiertas, imitaba la compraventa. El viejo sacudió la cabeza, pasó la bandeja de té a los dos árabes que se hallaban detrás de él y únicamente pronunció un par de palabras que al parecer desanimaron a Marcel. Este recogió las telas, las amontonó en el baúl, y a continuación enjugó el improbable sudor de su frente. Llamó al porteador y se pusieron en marcha hacia los soportales. En el primer comercio tuvieron algo más de suerte, aunque el dueño afectara al principio el mismo aire olímpico. «Se toman por Dios Padre —dijo Marcel—, pero ellos también son vendedores. La vida es dura para todos».

Janine lo seguía sin responder. El viento se había calmado casi totalmente. El cielo se despejaba a retazos. Una luz fría y brillante bajaba de los pozos azules que se iban abriendo en el espesor de las nubes. Ahora habían salido de la plaza. Caminaban por callejuelas a lo largo de muros de adobe, por encima de los cuales colgaban las rosas podridas de diciembre y, de trecho en trecho una granada seca, agusanada. En aquel barrio flotaba un aroma de polvo y de café, el humo de una fogata de cortezas, olor a piedra y a carnero. Los comercios, alejados unos de otros, se hallaban excavados en los lienzos de las murallas; Janine sentía las piernas pesadas. Pero poco a poco su marido se iba tranquilizando, había comenzado a vender y al mismo tiempo se volvía más conciliador; llamaba a Janine «mi pequeña», el viaje no sería en vano. «Eso seguro —decía Janine—, vale más entenderse directamente con ellos».

Regresaron al centro por otra calle. La tarde había avanzado y el cielo ahora se había ido despejando. Se pararon en la plaza. Marcel se frotaba las manos contemplando con ternura el baúl que tenían delante. «Mira», dijo Janine. Del otro lado de la plaza venía un árabe alto, delgado, vigoroso, con rostro aguileño y bronceado, vestido con una chilaba azul celeste, calzado con finas botas amarillas, enguantadas las manos. Únicamente el chal que llevaba a modo de turbante permitía adivinar uno de aquellos oficiales franceses de Asuntos Indígenas que Janine había admirado a veces. Avanzaba en su dirección con pasos regulares, pero parecía mirar más allá del grupo que formaban, al tiempo que se desenguantaba con lentitud una de las manos. «Vaya —dijo Marcel encogiéndose de hombros—, ahí va uno que se cree un general». Sí, todos tenían el mismo aire orgulloso, pero lo cierto es que aquel exageraba. Rodeados por el ámbito vacío de la plaza, avanzaba recto en dirección al baúl, sin verla, sin verlos. Al rato, la distancia que les separaba disminuyó rápidamente y el árabe se acercaba ya hasta donde estaban ellos cuando Marcel agarró de repente el asa del baúl y tiró de ella hacia atrás. El otro pasó sin que aparentemente hubiera visto nada y se dirigió con el mismo paso hacia las murallas. Janine miró a su marido; parecía decaído. «Ahora se creen que se lo pueden permitir todo», dijo. Janine no respondió. Detestaba la estúpida arrogancia de aquel árabe y de repente se sintió desgraciada. Quería irse, pensaba en su pequeño apartamento. La idea de regresar al hotel, a aquella habitación helada, la desanimaba. De pronto, pensó que el dueño le había aconsejado que subiera a la terraza del fortín, desde donde se podía contemplar el desierto. Se lo dijo a Marcel, y también que podían dejar el baúl en el hotel. Pero él estaba cansado y quería dormir un poco antes de cenar. «Por favor», dijo Janine. Él la miró, súbitamente afectuoso. «Por supuesto, mi amor», dijo.

Ella lo esperó delante del hotel, en la calle. El gentío, vestido de blanco, se iba haciendo cada vez más numeroso. No se veía ni una sola mujer y a Janine le parecía que nunca había visto tantos hombres. Sin embargo, ninguno la miraba. Algunos, sin verla al parecer, volvían lentamente hacia ella su rostro enjuto y curtido que, a ojos de Janine, hacía que todos se parecieran, el rostro del soldado francés del autobús, el del árabe de los guantes, un rostro a la vez astuto y altivo. Volvían aquel rostro hacia la forastera, no la veían y después, ligeros y silenciosos, pasaban junto a ella, que ya empezaba a tener hinchados los tobillos. Y su malestar y su necesidad de irse iban en aumento. «¿Para qué habré venido?». Pero en aquel momento Marcel bajó.

Cuando emprendieron la subida de las escaleras del fortín eran las cinco de la tarde. El viento se había calmado por completo. El cielo, totalmente despejado, era entonces de un azul malva. El frío, más seco, picaba en las mejillas. A mitad de las escaleras, un viejo árabe recostado contra la pared les preguntó si necesitaban un guía, pero sin moverse, como si hubiera estado seguro por anticipado de su respuesta negativa. La escalera era larga y empinada, a pesar de varios rellanos de tierra apisonada. A medida que subían el espacio se iba ensanchando, y ascendían en medio de una luz cada vez más vasta, fría y seca,

en la cual cada sonido del oasis les llegaba con una pureza ní-
tida. El aire iluminado parecía vibrar a su alrededor, con una
vibración cada vez más larga a medida que avanzaban, como
si su paso hiciera nacer en el cristal de luz una onda sonora
que se fuera ampliando. Y en el instante en que llegados a la
terraza su mirada se perdió de repente en el horizonte inmenso, más allá del palmeral, a Janine le pareció que todo el cielo
resonaba con una nota única, brillante y breve, cuyos ecos
llenaban poco a poco el espacio por encima de ella, para luego
cesar súbitamente y abandonarla a ella, silenciosa, delante de
la extensión sin límites.

En efecto, de este a oeste su mirada podía desplazarse lentamente sin encontrar un solo obstáculo, todo a lo largo de una
curva perfecta. Debajo de ella se encabalgaban las terrazas
azules y blancas de la medina, ensangrentadas por las man-
chas de rojo sombrío de los pimientos que secaban al sol. No
se veía a nadie, pero de los patios interiores subían voces que
reían y correteos incomprensibles, junto con el tufo aromático
del café tostado. Un poco más lejos, los penachos del palmeral,
dividido con muros de arcilla en rectángulos desiguales, gemían
bajo el efecto de un viento que allí en la terraza no se sentía.
Más lejos aún comenzaba, ocre y gris, el reino de las piedras,
hasta el horizonte, sin que apareciera ningún signo de vida.
Únicamente a cierta distancia del oasis, cerca de la torrentera
que corría por el oeste a lo largo del palmeral, se divisaban
amplias tiendas negras. A su alrededor, un rebaño de dromeda-
rios inmóviles, minúsculos en la distancia, formaban en el
suelo gris los signos sombríos de una extraña escritura cuyo
sentido era necesario descifrar. Por encima del desierto el silencio era tan vasto como el espacio.

Apoyando todo el cuerpo contra el parapeto, Janine se quedó sin voz, incapaz de desprenderse del vacío que se abría ante

ella. Marcel se agitaba a su lado. Tenía frío, quería bajar. ¿Qué había que ver allí? Pero ella no podía apartar la mirada del horizonte. Le pareció de repente que algo la esperaba allí, más al sur todavía, en aquel lugar en que el cielo y la tierra se encontraban en una línea pura, algo que ella había ignorado hasta entonces y que, sin embargo, siempre había echado en falta. La luz declinaba lentamente en la tarde avanzada; antes cristalina, ahora se volvía líquida. Al mismo tiempo, en el corazón de una mujer a quien solo el azar había llevado allí, se iban desatando todos los nudos de los años, de la costumbre y del hastío, que hasta entonces la habían mantenido apresada. Contempló el campamento de los nómadas. Ni siquiera había visto a los hombres que vivían allí, nada se movía entre las tiendas negras, y sin embargo, y a pesar de que hasta aquel día apenas había sabido de su existencia, solamente podía pensar en ellos. Sin casa, separados del mundo, eran un puñado de gente errante en aquel vasto territorio que ella descubría con la mirada, y que sin embargo solo representaba una parte irrisoria de un espacio todavía mayor, cuya vertiginosa fuga solo se detenía miles de kilómetros más al sur, allí donde el primer río fecunda al fin la selva. Algunos hombres caminaban sin tregua, desde siempre, por aquella tierra seca, roída hasta el hueso, por aquel país desmesurado, sin poseer nada pero sin servir a nadie, señores miserables y libres de un extraño reino. Janine no sabía por qué aquella idea la llenaba de una tristeza tan dulce y tan vasta que le cerraba los ojos. Únicamente sabía que desde el origen de los tiempos aquel reino le había sido prometido y que sin embargo nunca sería suyo, jamás, salvo quizá en aquel instante fugitivo, cuando volvió a abrir los ojos al cielo de pronto inmóvil, y hacia las oleadas de luz coagulada, mientras las voces que subían de la medina callaban bruscamente. Le pareció que el curso del mundo acababa de detenerse y que a partir de aquel instante nadie envejecería y nadie moriría. En adelante, y en todo lugar, la vida quedaba en suspenso, salvo en su corazón, donde en aquel mismo momento alguien lloraba de tristeza y de admiración.

Pero la luz se puso en movimiento, y el sol, nítido y sin calor, declinó hacia el oeste, enrojeciéndolo un poco, al tiempo que una ola gris se iba formando por el este y se disponía a inundar lentamente la inmensa llanura. Aulló el primer perro, y su grito lejano ascendió en el aire, cada vez más frío. Entonces Janine se dio cuenta de que estaba tiritando. «Nos estamos helando —dijo Marcel—, eres tonta. Volvamos». Pero la tomó torpemente de la mano. Dócil, ella se apartó del parapeto y lo siguió. El viejo árabe de la escalera, inmóvil, los vio bajar hacia la ciudad. Ella caminaba sin ver a nadie, abrumada bajo el peso de una inmensa y repentina fatiga, arrastrando su cuerpo cuya carga le parecía ahora insoportable. Su exaltación la había abandonado. Ahora se sentía demasiado grande, demasiado espesa, demasiado blanca también para aquel mundo en el que acababa de entrar. Un niño, una muchacha, un hombre seco, un furtivo chacal, eran las únicas criaturas que podían hollar silenciosamente aquella tierra. ¿Qué haría ella allí en adelante, salvo arrastrarse hasta el sueño, hasta la muerte?

Se arrastró en efecto hasta el restaurante, delante de un marido repentinamente taciturno, o que predicaba su cansancio, mientras ella misma luchaba débilmente contra la fiebre de un catarro que sentía subir. Y también se arrastró hasta la cama, donde Marcel fue a juntarse con ella, y apagó al momento la luz sin pedirle nada. La habitación estaba helada. Janine sentía que el frío avanzaba al mismo tiempo que aumentaba la fiebre. Respiraba mal y su sangre latía sin calentarla; algo parecido al miedo iba creciendo en ella. Se dio la vuelta; la vieja cama de hierro crujía bajo su peso. No, no quería estar enferma. Su marido ya dormía y ella tenía que dormir también, lo necesitaba. Por la claraboya llegaban hasta ella los sonidos apagados de la ciudad. Los viejos fonógrafos de los cafetines moros emitían con voces nasales melodías que reconocía vagamente, y que le llegaban a lomos de un rumor de muchedumbres lentas. Tenía que dormir. Pero contaba las tiendas negras; detrás de sus párpados pacían los camellos inmóviles; inmensas soledades giraban en su interior. Sí, ¿por qué había venido? Con esa pregunta se durmió.

Se despertó algo más tarde. A su alrededor el silencio era total. Pero en los confines de la ciudad los perros roncos aullaban en la noche muda. Janine se estremeció. Se dio la vuelta y sintió contra su hombro el hombro duro de su marido y de repente, medio dormida, se apretó contra él. Fue a la deriva del sueño sin sumergirse, agarrada a aquel hombro con una avidez inconsciente, como si fuera su puerto más seguro. Hablaba, pero su boca no emitía ningún sonido. Hablaba, pero apenas se oía a sí misma. Únicamente sentía el calor de Marcel. Como desde hacía más de veinte años, cada noche, así, en su calor, siempre los dos, incluso enfermos, incluso de viaje, como en aquel momento... Además, ¿qué habría hecho sola en casa? ¡Sin hijos! ¿Era eso lo que echaba de menos? No lo sabía. Seguía a Marcel, eso era todo, contenta de saber que alguien la necesitaba. La única alegría que él le daba era la de saberse necesaria. Seguramente él no la quería. Ni siquiera el amor rencoroso tiene ese rostro ceñudo. Pero ¿cuál es su rostro? Se amaban en la noche, sin verse, a tientas. ¿Existe otro amor que no sea el de las tinieblas, existe un amor que grite a plena luz del día? No lo sabía, pero sí sabía que Marcel la necesitaba y que ella necesitaba aquella necesidad, que de ello vivía noche y día, sobre todo por la noche, cada noche, cuando él no quería estar solo, ni envejecer, ni morir, con aquel aire obtuso que adoptaba y que ella reconocía a veces en los rostros de otros hombres, el único rasgo común a todos aquellos locos que se camuflan bajo talantes razonables, hasta que los atrapa el delirio y los arroja desesperadamente hacia un cuerpo de mujer para enterrar en él, sin deseo, todo lo que tienen de espantoso la soledad y la noche.

Marcel se agitó un poco como para alejarse de ella. No, él no la quería, sencillamente tenía miedo de todo lo que no fuera ella, y hacía tiempo que ambos deberían haberse separado para dormir solos hasta el final. Pero ¿quién es capaz de dormir siempre solo? Algunos hombres lo hacen, aquellos a quienes la vocación o la desgracia han separado de los demás y que se acuestan todas las noches en el mismo lecho que la muerte. Marcel nunca podría hacerlo, él menos que nadie, criatura débil y desarmada, siempre espantado por el dolor, hijo suyo, precisamente, aquel que la necesitaba y que en aquel mismo instante dejó escapar una suerte de gemido. Ella se juntó un poco más contra él, y le puso la mano en el pecho. Y en su fuero interno pronunció el nombre enamorado con que lo llamaba en otros tiempos y que todavía, de tarde en tarde, utilizaban entre sí, pero sin pensar en lo que decían.

Lo llamó de todo corazón. Además, ella también lo necesitaba, necesitaba su fuerza, sus pequeñas manías, también ella tenía miedo a morir. «Si superara ese miedo, sería feliz…». Al instante la invadió una angustia sin nombre. Se separó de Marcel. No, no estaba superando nada, no era feliz, en verdad iba a morir sin haberse librado de ello. Le dolía el corazón, descubría de repente que se ahogaba bajo un peso inmenso que arrastraba desde hacía veinte años, un peso bajo el cual se debatía ahora con todas sus fuerzas. ¡Quería librarse de él, incluso si Marcel, incluso si los demás no se libraban nunca de aquello! Se incorporó en la cama, despierta, y aguzó el oído hacia una llamada que le pareció muy cercana. Pero solo le llegaron las voces extenuadas e infatigables de los perros desde los confines de la noche. Se había levantado una brisa débil cuyas ligeras aguas oía correr por el palmeral. Venía del sur, de allí donde el desierto y la noche se mezclaban ahora bajo el cielo, inmóvil otra vez, donde la vida se detenía, donde nadie envejecía ni moría. Después, las aguas del viento dejaron de manar y ni siquiera estaba segura de haber oído algo, salvo una llamada muda que, además, podía escuchar o hacer callar a voluntad, y cuyo sentido jamás conocería si no respondía al instante. Al instante, sí, de eso al menos estaba segura.

Se levantó despacio y permaneció inmóvil cerca de la cama, atenta a la respiración de su marido. Marcel dormía. Un instante después, perdió el calor del lecho y el frío se apoderó de ella. Se vistió lentamente, buscando a tientas su ropa en la débil claridad que llegaba de las farolas de la calle a través de las persianas de la fachada. Alcanzó la puerta con los zapatos en la mano. Esperó todavía un instante en la oscuridad, y después abrió lentamente. El picaporte rechinó y ella se quedó inmovilizada. Su corazón latía con locura. Aguzó el oído y, tranquilizada por el silencio, hizo girar un poco más la mano. La rotación del picaporte le pareció interminable. Al fin abrió, se deslizó fuera y volvió a cerrar la puerta con las mismas precauciones. Después, con la mejilla pegada a la madera, esperó. Al cabo de un momento percibió lejanamente la respiración de Marcel. Se dio la vuelta, recibió en pleno rostro el aire helado de la noche y echó a correr a lo largo de la galería. La puerta del hotel estaba cerrada. Mientras manipulaba el cerrojo, el vigilante nocturno apareció en lo alto de la escalera con el semblante confuso y le habló en árabe. «Ahora vuelvo», dijo Janine, y se lanzó a la noche.

Del cielo negro bajaban guirnaldas de estrellas sobre las palmeras y las casas. Corrió a lo largo de la corta avenida que llevaba al fortín, ahora desierta. El frío, que ya no tenía que luchar contra el sol, había invadido la noche; el aire helado le quemaba los pulmones. Pero siguió corriendo, medio a ciegas, en la oscuridad. Sin embargo, en lo alto de la avenida aparecieron algunas luces que se acercaron a ella zigzagueando. Se detuvo, oyó un rumor de élitros y al final, detrás de las luces que iban aumentando de tamaño, vio unas enormes chilabas bajo las cuales centelleaban las ruedas frágiles de las bicicletas. Las chilabas la rozaron; tres luces rojas surgieron en la oscuridad detrás de ella, y al momento desaparecieron. Volvió a emprender su carrera hacia el fortín. A mitad de la escalera, la quemadura del aire en los pulmones llegó a ser tan cortante que quiso detenerse. Sin embargo, un último impulso la arrojó a su pesar a la terraza, al parapeto, contra el cual apretó entonces su vientre. Jadeaba, y todo se confundía delante de sus ojos. La carrera no le había hecho entrar en calor y todos sus miembros temblaban todavía. Pero pronto fue aspirando con regularidad el aire frío que había estado tragando a bocanadas y un calor tímido empezó a nacer en medio de los escalofríos. Sus ojos se abrieron al fin sobre los espacios de la noche.

Ningún aliento, ningún ruido, nada turbaba el silencio y la soledad que rodeaban a Janine, salvo a veces el resquebrajamiento sofocado de las piedras que el frío iba reduciendo a arena. Sin embargo, al cabo de un instante, le pareció que una especie de pesada rotación arrastraba el cielo por encima de ella. Miles de estrellas se formaban sin tregua en el espesor de la noche fría y seca, y sus brillantes carámbanos, desprendiéndose al instante, empezaban a deslizarse imperceptiblemente hacia el horizonte. Janine no podía apartarse de la contemplación de aquellas luminarias a la deriva. Giraba con ellas y poco a poco se reunía con su ser más profundo por el mismo camino inmóvil, donde ahora combatían el deseo y el frío. Las estrellas caían delante de ella, una a una, y se apagaban después entre las piedras del desierto, y cada vez Janine se iba abriendo un poco más a la noche. Respiraba, olvidaba el frío, el peso de la existencia, la vida demente o inmóvil, la prolongada angustia de vivir y de morir. Después de haber escapado alocadamente durante tantos años huyendo delante del miedo, por fin podía detenerse. Al mismo tiempo, le parecía volver a encontrar sus raíces, como si la savia subiera de nuevo por su cuerpo, que ahora ya no tiritaba. Apretando todo su vientre contra el parapeto, proyectando su tensión hacia el cielo en movimiento, solamente esperaba que su corazón, todavía alterado, se apaciguara a su vez, y que al fin se hiciera el silencio en ella. Las últimas estrellas de las constelaciones dejaron caer sus racimos algo más abajo, sobre el horizonte del desierto, y se inmovilizaron. Entonces, con una insoportable suavidad, Janine empezó a llenarse con el agua de la noche, venciendo al frío, subiendo poco a poco del centro oscuro de su ser y desbordándose en oleadas ininterrumpidas hasta llenar de gemidos su boca. Un instante después el cielo entero se desplegaba sobre ella, tumbada sobre la tierra fría.

Cuando Janine regresó con las mismas precauciones, Marcel no se había despertado. Pero lanzó un gruñido cuando ella se acostó y unos segundos después se incorporó bruscamente. Habló, y ella no comprendió lo que decía. Se levantó y encendió la luz, que la golpeó en pleno rostro. Se dirigió tambaleándose hacia el lavabo y bebió largamente de la botella de agua mineral que había allí. Ya iba a meterse entre las sábanas cuando con una rodilla encima de la cama la miró a ella, sin comprender. Estaba llorando a lágrima viva, sin poder contenerse. «No es nada, mi amor —decía ella—, no es nada».

El renegado o un espíritu confuso

«¡Qué lío, qué lío! Tengo que poner orden en mi cabeza. Desde que me han cortado la lengua, no sé, otra lengua se mueve sin cesar por mi cráneo, hay algo que habla, o alguien, y a veces calla repentinamente, y después todo vuelve a empezar, oh, hay demasiadas cosas que oigo y que sin embargo no digo, qué lío, y si abro la boca se oye como un ruido de guijarros agitados. Orden, orden, dice la lengua, y al mismo tiempo habla de otra cosa, sí, yo siempre he deseado el orden. Al menos algo hay seguro, estoy esperando al misionero que tiene que venir a sustituirme. Estoy al borde de la pista, a una hora de Taghasa, oculto detrás de un desprendimiento de rocas, sentado sobre el viejo fusil. El día se levanta sobre el desierto, todavía hace mucho frío y dentro de un rato hará demasiado calor, esta tierra vuelve loco, y yo, desde hace tantos años que ya he perdido la cuenta... ¡No! ¡Un esfuerzo más! El misionero debe llegar esta mañana, o esta tarde. He oído decir que vendría con un guía y es posible que solo tengan un camello para los dos. Esperaré, espero, el frío y solo el frío es lo que me hace temblar. No te impacientes, sucio esclavo.

»¡Hace tanto tiempo que estoy armado de paciencia! Cuando estaba en mi país, en aquella meseta del Macizo Cen-

tral, mi padre grosero, mi madre, una bestia, el vino, la sopa de
tocino todos los días, sobre todo el vino, agrio y frío, y el invierno interminable, la nieve, los ventisqueros, los helechos
repugnantes, ¡oh! quería marcharme, dejarlos a todos de golpe
y empezar al fin a vivir, al sol, con agua clara. Me creía lo que
decía el cura, me hablaba del seminario, todos los días se ocupaba de mí, le sobraba tiempo en aquella comarca protestante
en la que tenía que pasar desapercibido, pegado a las paredes,
cuando cruzaba por el pueblo. Me hablaba del porvenir y del
sol, el catolicismo es el sol, decía, y me hacía leer, y consiguió
que entrara el latín en mi dura mollera: "Este muchacho es
inteligente, pero es una mula", y tan duro es mi cráneo que, a
pesar de todas las caídas, no he sangrado de la cabeza en toda
mi vida. "Cabeza de buey", decía mi padre, aquel puerco. En
el seminario se sentían orgullosos de mí, un recluta en un país
protestante era toda una victoria, y me vieron llegar como el sol
de Austerlitz. Sol paliducho, bien es cierto, por culpa del alcohol, bebieron vino agrio y sus hijos tienen los dientes cariados,
ra, ra, matar al padre, eso es lo que habría que hacer, pero de
hecho no hay peligro de que vaya a las misiones, porque el
padre murió hace tiempo, el vino ácido acabó por perforarle
el estómago, y ahora solo me queda matar al misionero.

»Tengo que ajustar cuentas con él, y con sus maestros,
y con mis maestros, que me han engañado, y con la cochina
Europa; todo el mundo me ha engañado. La misión, esa era la
única palabra que tenían en los labios, ir a los salvajes y decir-
les: "¡Este es mi Señor, miradle, nunca golpea, ni mata, sino
que ordena con dulce voz, presenta la otra mejilla, es el más
encumbrado de los señores, escogedle, ved cómo a mí me ha
vuelto mejor, ofendedme y os daré la prueba!". Sí, yo me lo
creía, ra, ra, y me sentía mejor, engordé y casi llegué a ser gua-
po, y buscaba humillaciones. Cuando nos paseábamos en filas

negras y apretadas bajo el sol de Grenoble y nos cruzábamos con muchachas de faldas ligeras yo no apartaba la mirada, no, las despreciaba y esperaba que me ofendieran y ellas a veces se reían. Entonces yo pensaba: "Que me golpeen y me escupan en la cara", pero lo cierto es que su risa era algo parecido, erizada de dientes puntiagudos que me desgarraban, ¡cuán dulces eran las ofensas y el sufrimiento! Cuando yo me denigraba, mi director no lo comprendía: "No, algo bueno hay en ti". ¡Algo bueno! Vino agrio, había en mí, y nada más, y tanto mejor, pues cómo volverse bueno si antes no se es malvado, bien lo había comprendido en todo lo que me enseñaban. Es lo único que había comprendido, una idea fija, una mula inteligente y hasta el final con ello, iba al encuentro de las penitencias, me escatimaba la ración ordinaria, en fin, quería servir de ejemplo, yo también, para que se me viese, y que al verme se rindiera homenaje a quien me había hecho mejor, ¡saludad en mí al Señor!

»¡Astro salvaje! Se levanta, el desierto cambia, ya no tiene ese color de ciclamen de las montañas, ¡oh, montaña mía!, y la nieve, tierna y suave nieve, no, es un amarillo algo gris, hora ingrata antes del gran resplandor. Nada, nada aún ante mí, hasta el horizonte, allá donde la llanura desaparece en un círculo de colores todavía pálidos. Detrás de mí, la pista sube hasta la duna detrás de la cual se oculta Taghasa, cuyo nombre de hierro resuena en mi cabeza desde hace tantos años. El primero que me habló de ello fue el viejo cura medio ciego que hacía sus ejercicios espirituales en el seminario, pero por qué el primero, fue el único, y a mí lo que me asombró de su relato no fue la ciudad de sal, los muros blancos bajo el sol tórrido, no, fue la crueldad de sus habitantes salvajes, la ciudad cerrada a los extranjeros, y solo uno de cuantos habían intentado penetrar en ella, uno solo que él supiera, había podido contar lo que había visto. Lo habían azotado y arrojado al desierto después de haberle puesto sal en las heridas y en la boca, y había encontrado unos nómadas, por una vez hospitalarios, tuvo suerte, y yo a partir de entonces soñé con ese relato, con la quemadura de la sal y del cielo, con la mansión del fetiche y con sus esclavos, qué podía encontrar que fuera más excitante, más bárbaro, sí, aquella era mi misión, allí debía dirigirme para predicar al Señor.

»En el seminario me echaron sermones para disuadirme y decirme que era conveniente esperar, aquel no era un país de misión, yo no estaba aún maduro, debía prepararme especialmente, saber quién era, y también probarme a mí mismo, y después ya se vería. ¡Ah, siempre esperar! No, sí, bien por la preparación especial y por las pruebas, puesto que tenían lugar en Argel y que aquello me acercaba a mi objetivo, pero, por lo demás, yo sacudía mi dura mollera y repetía la misma cosa, irme con los más bárbaros y vivir su vida, enseñar entre ellos y predicar con el ejemplo, incluso en la mansión del fetiche, que la verdad de mi Señor era más fuerte. Me someterían a vejaciones, por supuesto, pero no me daban miedo sus ofensas, eran necesarias para mi demostración, y aquellos salvajes quedarían subyugados por el modo en que yo las soportaría, como un sol poderoso. Poderoso, sí, esa era la palabra que sin cesar me venía a la lengua, soñaba con el poder absoluto, el que obliga a arrodillarse, el que fuerza la capitulación del enemigo y al fin lo convierte, y cuanto más ciego, cruel y seguro de sí es el adversario, sepultado en su convicción, tanto más proclama su confesión la majestad de quien es causa de su derrota. El miserable ideal de nuestros curas era convertir a la gente sencilla que se había apartado algo del buen camino, y yo los despreciaba por tener tanto poder y atreverse a tan poco, no tenían la fe que tenía yo, yo quería que los propios verdugos me reconocieran, que cayeran de hinojos y exclamaran: "Señor, he aquí tu victoria", en fin, reinar solo con la palabra sobre un ejército de malvados. ¡Ah! Qué seguro estaba de lo acertado de mi razonamiento, y, por otra parte, nunca lo suficientemente seguro de mí mismo, pero cuando tengo una idea, no la suelto, esa es mi fuerza, sí, mi fuerza personal, por la que todos sentían compasión.

»El sol ha subido algo más y la frente empieza a arderme. A mi alrededor las piedras lanzan crujidos sordos, lo único fresco es el cañón del fusil, fresco como los prados, como en otros tiempos la lluvia del atardecer, cuando la sopa hervía suavemente, mi padre y mi madre me esperaban, a veces me sonreían, quizá los amaba. Pero se acabó, sobre la pista comienza a alzarse un velo de calor, ven, misionero, te estoy esperando, ahora sé lo que hay que responder al mensaje, he aprendido la lección de mis nuevos amos, y sé que tienen razón, hay que ajustarle las cuentas al amor. Cuando me escapé del seminario, en Argel, me imaginaba a estos bárbaros de otro modo, y lo único cierto de mis ensoñaciones es que son malvados. Robé la caja del economato, colgué la sotana, crucé el Atlas, los páramos altos y el desierto, el chófer de la Compañía Transahariana se burlaba de mí: "No vayas allí", no sé qué les pasaba a todos, las olas de arena se sucedían durante centenares de kilómetros, desflecadas, avanzando para después retroceder con el viento, y de nuevo la montaña, toda ella de picos negros, aristas cortantes, como de hierro, y más allá necesité un guía para ir por el mar interminable de guijarros ocres que aúlla de calor, ardiendo en mil espejos erizados de luz, para llegar a este lugar, en la frontera del país de los negros y de la tierra de los blancos. Y el guía me robó el dinero, ingenuo de mí, ingenuo siempre, yo se lo había enseñado, pero me dejó en la pista, precisamente cerca de aquí, después de golpearme: "Esta es la ruta, perro, soy hombre de honor, vete, vete, ellos te enseñarán". Y bien que me enseñaron, sí, son como el sol que nunca cesa de golpear, salvo en la noche, con brillo y orgullo, y que en este mismo instante golpea duramente, con demasiada dureza, oh, con ardientes golpes de lanza súbitamente surgida del suelo, al abrigo, sí, al abrigo de la gran roca, antes de que todo sea confusión.

»Aquí la sombra es buena. ¿Cómo es posible vivir en la ciudad de sal, en el fondo de ese cuenco lleno de calor blanco? Sobre cada uno de sus muros rectos, labrados a golpe de pico, toscamente pulidos, las melladuras que ha dejado el pico se erizan de escamas deslumbrantes, algo amarillentas por la arena dorada que las salpica, salvo cuando el viento limpia los muros rectos y las terrazas y entonces todo resplandece de blancura fulgurante bajo el cielo, limpio también hasta su corteza azul. Me volvía ciego durante aquellos días en los que el incendio inmóvil crepitaba durante horas en las terrazas blancas, que parecían unirse todas como si, antaño, ellos hubieran atacado todos juntos una montaña de sal, la hubieran allanado primero, y después hubieran cavado las calles en la propia masa, y el interior de las casas, y las ventanas, o mejor, como si hubieran recortado su infierno blanco y ardiente con un soplete de agua hirviendo, solo para demostrar que serían capaces de vivir donde nadie sería jamás capaz de hacerlo, a treinta días de distancia de cualquier tipo de vida, en ese agujero en medio del desierto, donde el calor de mediodía impide cualquier contacto entre las personas y levanta entre ellos un enrejado de llamas invisibles y de cristales hirvientes, donde el frío de la noche les congela sin transición, uno a uno, en sus conchas de sal gema, nocturnos habitantes de un témpano seco, esquimales negros tiritando de repente en sus iglús cúbicos. Negros, sí, porque visten largas telas negras, y la sal, que invade hasta las uñas, que uno mastica amargamente en el sueño polar de las noches, la sal que uno bebe en el agua que surge del único manantial, en la concavidad de una entalladura brillante, deja a veces en sus vestimentas sombrías unas huellas parecidas al rastro de los caracoles después de la lluvia.

»La lluvia, ¡oh, Señor! una sola lluvia verdadera, larga, dura, la lluvia de tus cielos. Al fin entonces la espantosa ciudad, roída poco a poco, se derrumbaría lentamente, irresistiblemente, y se fundiría entera en un torrente viscoso, arrastrando hacia los arenales a sus feroces habitantes. ¡Una sola lluvia, Señor! ¡Pero qué Señor, ellos son los señores! Ellos reinan sobre sus mansiones estériles, sobre sus esclavos negros que envían a morir a las minas, y en los países del sur cada losa de sal cortada vale un hombre, pasan silenciosos, cubiertos con sus velos de luto en la blancura mineral de las calles, y cuando cae la noche, cuando toda la ciudad parece un fantasma lechoso, entran encorvándose en la sombra de sus casas donde las paredes de sal brillan débilmente. Duermen con un sueño sin peso, y desde el mismo sueño ordenan, golpean, proclaman que son un solo pueblo, que su dios es el único verdadero y que hay que obedecer. Esos son mis señores, ignoran la compasión, y, como señores que son, quieren estar solos, avanzar solos, reinar solos, porque solos tuvieron la audacia de levantar un fría ciudad tórrida en la sal y en la arena. Y yo...

»Cuando el calor aumenta, vaya lío, yo sudo, ellos nunca sudan, ahora también la sombra se calienta, siento el sol sobre la roca, encima de mí, golpea como un martillo sobre cada una de las piedras, y esa es la música, la vasta música de mediodía, vibración del aire y de las piedras en centenares de kilómetros, ra, como antaño, oigo el silencio. Sí, era el mismo silencio, hace muchos años que me recibió cuando los guardianes me condujeron ante ellos, bajo el sol, en el centro de la plaza donde las terrazas concéntricas se iban elevando poco a poco hasta la tapadera del cielo azul duro que se apoyaba en el reborde de la hondonada. Allí estaba yo, arrojado de rodillas en el cuenco de aquel escudo blanco, con los ojos escocidos por las espadas de sal y de fuego que surgían de todos los muros, pálido de fatiga, sangrando por el oído del golpe que me había asestado el guía, y ellos, grandes y negros, me contemplaban sin decir palabra. La jornada había llegado al mediodía. El cielo resonaba largamente bajo los golpes del sol de hierro, como una plancha de metal calentada al vivo, era el mismo silencio, y ellos me miraban, pasaba el tiempo, no dejaban de mirarme, y yo no podía sostener sus miradas, jadeaba cada vez más fuerte, al fin lloré, y de repente me volvieron las espaldas en silencio y se alejaron todos juntos en la misma dirección. De rodillas, únicamente pude ver sus sandalias rojas y negras con la punta un poco levantada, sus pies brillantes de sal alzando la larga vestimenta sombría, golpeando el suelo levemente con el talón, y cuando la plaza se quedó vacía me arrastraron a la mansión del fetiche.

»Como hoy mismo al abrigo de la roca, con el fuego perforando el espesor de la piedra por encima de mi cabeza, así permanecí varios días acuclillado a la sombra, en la mansión del fetiche, algo más elevada que las demás, rodeada de una fortificación de sal, pero sin ventanas, llena de una noche refulgente. Varios días, y me dieron una escudilla de agua salobre y arrojaron grano delante de mí como a las gallinas, y yo lo recogía. La puerta permanecía cerrada durante el día y, sin embargo, la sombra se hacía más tenue, como si el irresistible sol llegara a filtrarse a través de las masas de sal. No había lámparas, pero moviéndome a tientas a lo largo de las paredes palpé las guirnaldas de palmas secas que las decoraban, y una portezuela, al fondo, toscamente labrada, cuyo picaporte reconocí con la yema de los dedos. Varios días, mucho tiempo después, no podía contar ni las jornadas ni las horas, pero me habían arrojado mi puñado de grano una decena de veces y había excavado un agujero para enterrar mi basura en vano, porque el olor a cubil seguía flotando, mucho tiempo después, sí, se abrieron los dos batientes de la puerta y entraron.

»Uno de ellos se acercó hasta mí, encogido en un rincón. Sentía contra mi mejilla la quemadura de la sal, respiraba el olor polvoriento de las palmas y veía cómo se acercaba. Se detuvo a un metro de mí, me contempló fijamente en silencio, hizo una señal y me levanté, me contemplaba con sus brillantes ojos de metal, inexpresivos, en su pardo rostro de caballo, y después levantó la mano. Impasible, me agarró el labio inferior y empezó a retorcerlo lentamente, hasta arrancarme la carne, y sin soltar los dedos me hizo girar sobre mí mismo y retroceder hasta el centro de aquel ámbito, tirando de mi labio para que yo cayera allí de rodillas, desconsolado, sangrando por la boca, y después dio la vuelta para reunirse con los otros, alineados a lo largo de las paredes. Me veían gemir en el intolerable ardor de la claridad sin sombra que entraba por la puerta abierta de par en par, y de aquella luz surgió el brujo con su cabellera de rafia, y el torso cubierto con una coraza de perlas, con las piernas desnudas bajo un faldellín de paja, con su máscara de cañas y alambre, donde se habían perforado dos agujeros cuadrados para los ojos. Le seguían músicos y mujeres con pesadas faldas multicolores que nada dejaban adivinar de sus cuerpos. Bailaron delante de la puerta del fondo, una danza grosera, sin apenas ritmo, moviéndose sin más, y finalmente el brujo abrió la puertecilla detrás de mí, los señores no se movían, me miraban, y yo me di la vuelta y vi el fetiche, su doble cabeza de hacha, su nariz de alambre retorcido como una serpiente.

»Me llevaron ante él, al pie del zócalo, me dieron de beber un agua negra, amarga, y al instante la cabeza me empezó a arder, yo reía, aquella era la ofensa, yo era el ofendido. Me desnudaron, me rasuraron la cabeza y el cuerpo, me lavaron con aceite, me azotaron la cara con cuerdas empapadas de agua y sal, y yo reía y volvía la cabeza, pero cada vez que lo hacía dos mujeres me agarraban por las orejas y presentaban mi rostro a los golpes del brujo del que nada veía salvo los ojos cuadrados, y seguía riendo, cubierto de sangre. Se detuvieron, nadie hablaba, solo yo, con el lío que ya empezaba a formarse en mi cabeza, y después me levantaron y me obligaron a alzar los ojos al fetiche, y dejé de reír. Sabía que en adelante estaba destinado a servirle, a adorarle, no, ya no reía, el miedo y el dolor me asfixiaban. Y allí, en aquella mansión blanca, entre aquellos muros que el sol quemaba afuera con fuerza, con el rostro tenso y la memoria extenuada, intenté rezar al fetiche, sí, solo me quedaba él, incluso su rostro horrible era menos horrible que el resto del mundo. Entonces me encadenaron por los tobillos con una cuerda que dejaba libre la longitud de mis pasos, volvieron a bailar, pero esta vez delante del fetiche, y uno a uno los señores fueron saliendo.

»En cuanto la puerta se cerró tras ellos, otra vez la música, y el brujo encendió un fuego de cortezas y empezó a convulsionarse alrededor, y su alta silueta se quebraba en los rincones de los muros blancos, palpitaba en las superficies planas, llenaba la habitación de sombras en danza. Trazó un rectángulo en un rincón y las mujeres me arrastraron allí, sentí sus manos secas y suaves, y colocaron a mi alcance un tazón de agua y un montoncito de grano y me señalaron el fetiche, y comprendí que tenía que mantener los ojos fijos en él. Entonces el brujo las fue llamando una a una cerca del fuego, a unas las golpeó y gimieron, y luego fueron a prosternarse delante del fetiche, Dios mío, mientras el brujo seguía bailando y haciéndolas salir a todas de la habitación hasta que solo quedó una, muy joven, a la que todavía no había golpeado, acuclillada cerca de los músicos. La mantenía aferrada por una trenza que iba retorciendo con el puño, y ella se revolcaba, con los ojos desorbitados, hasta finalmente caer de espaldas. Al soltarla, el brujo gritó, y los músicos se volvieron contra la pared, mientras detrás de la máscara de ojos cuadrados el grito iba aumentando hasta lo imposible, y la mujer se revolcaba por el suelo en una especie de crisis, y al fin, a cuatro patas, juntando los brazos para esconder la cabeza, ella gritó también, pero fue un grito sordo, y fue así como sin dejar de gritar y de contemplar al fetiche el brujo la poseyó rápidamente, con maldad, sin que se pudiera ver el rostro de la mujer, sepultado en aquel momento en los pesados pliegues de sus vestiduras. Y yo, a fuerza de soledad, perdido, quizá grité también, sí, aullé de espanto hacia el fetiche hasta que de una patada alguien me arrojó contra la pared, y mordí la sal como hoy muerdo la roca con mi boca sin lengua, esperando a aquel al que he de matar.

»El sol ha avanzado ahora un poco más allá de la mitad del cielo. Entre las hendiduras de la roca veo el agujero que ha hecho en el metal recalentado del cielo, una boca voluble como la mía, que vomita sin tregua ríos de llamas sobre el desierto sin color. En la pista, delante de mí, nada, ni una polvareda en el horizonte, detrás de mí deben de estar buscándome, no, aún no, solo al final de la tarde abrían la puerta para que yo pudiera salir un poco, después de haber limpiado durante toda la jornada la mansión del fetiche, y renovado las ofrendas, y al anochecer comenzaba la ceremonia en que a veces me golpeaban y otras veces no, pero yo seguía sirviendo al fetiche, ese fetiche cuya imagen permanece grabada al hierro en el recuerdo y ahora en la esperanza. Ningún dios me había poseído y sometido tanto, toda mi vida, días y noches estaban consagrados a él, y a él le eran debidos el dolor y la ausencia de dolor,

ya que no el júbilo, incluso el deseo, sí, a fuerza de asistir casi
cada noche a aquel acto impersonal y malvado que yo oía sin
ver, porque entonces tenía que volverme contra la pared so
pena de ser golpeado. Con el rostro pegado contra la sal, do-
minado por las sombras bestiales que se agitaban en la pared,
escuchaba el grito prolongado, mi garganta estaba seca, pero
un ardiente deseo sin sexo me oprimía las sienes y el vientre.
Los días se sucedían, apenas los distinguía unos de otros, como
si se fueran licuando en el calor tórrido, y en la insidiosa reverberación de las paredes de sal, el tiempo no era más que un
chapoteo informe que solamente rompían a intervalos regulares gritos de dolor o de posesión, un largo día sin edad sobre
el que reinaba el fetiche como aquel sol feroz sobre mi casa de
roca, y ahora como entonces lloro de desdicha y de deseo, una
malvada esperanza me quema, quiero traicionar, relamo el
cañón de mi fusil, y su interior, su ánima, solo los fusiles tienen
ánima, ¡oh, sí!, el día que me cortaron la lengua aprendí a ado-
rar el alma inmortal del odio.

»Qué lío, qué furor, ra, ra, ebrio de calor y de cólera, pros-
ternado, tendido sobre mi fusil. ¿Quién jadea por aquí? No
puedo soportar este interminable calor, esta espera, tengo que
matarle. Ni un pájaro, ni una brizna de hierba, piedra, un desierto árido, el silencio, sus gritos, esta lengua que habla en mí,
y el largo sufrimiento solitario y sin sobresaltos desde que me
mutilaron, privado incluso de agua por la noche, las noches en
que yo soñaba, encerrado con el dios en mi cubil de sal. Solo
la noche con sus frescas estrellas y sus manantiales oscuros podía
salvarme, arrancarme por fin a los dioses malvados de los hombres, pero no podía contemplarla, siempre encerrado. Si el otro
todavía tarda, veré subir la noche del desierto, invadir el cielo,
fría viña de oro que colgará del cenit oscuro donde podré beber
a placer, humedecer este agujero negro y seco que ningún

músculo de carne viva y blanda puede ya refrescar, olvidar por fin el día en que la locura me subió a la lengua.

»Calor, qué calor hacía, la sal se fundía, al menos así lo creía yo, el aire me corroía los ojos y el brujo entró sin máscara. Le seguía una nueva mujer, casi desnuda bajo un harapo grisáceo, cuyo rostro, cubierto por un tatuaje que reproducía la máscara del fetiche, solo expresaba el nefasto estupor de un ídolo. Solo tenía vida su cuerpo fino y plano, arrojándose a los pies del dios cuando el brujo abrió la puerta del reducto. Después salió sin mirarme, el calor aumentaba, no me alteré, el fetiche me contemplaba por encima de aquel cuerpo inmóvil cuyos músculos se agitaban suavemente, y, cuando me acerqué el rostro de ídolo de la mujer, esta no cambió de expresión. Solo sus ojos, al fijarse en mí, se hicieron más grandes, nuestros pies se tocaron, entonces el calor empezó a aullar, y el ídolo, sin decir nada, contemplándome aún con los ojos dilatados, se tendió poco a poco sobre la espalda, y recogió lentamente las piernas, y las levantó separando suavemente las rodillas. Pero un instante después, ra, el brujo me estaba observando, y entraron todos, y me arrebataron a la mujer, y me golpearon ferozmente en el lugar del pecado, ¡el pecado!, ¡qué pecado! aún me río, dónde está el pecado, dónde está la virtud, me empujaron contra una pared, una mano de acero me sujetó las mandíbulas, otra me abrió la boca y tiraron de mi lengua hasta hacerla sangrar, no sé si era yo el que aullaba con aquel grito bestial, y una caricia cortante y fresca, sí, al fin fresca, pasó sobre mi lengua. Cuando recobré el conocimiento me encontré a solas en la noche, pegado a la pared, cubierto de sangre endurecida, una mordaza de hierbas secas de olor extraño me llenaba la boca, ya no sangraba, pero estaba deshabitada y en aquella ausencia solo latía un suplicio doloroso. Quise levantarme, volví a caer, feliz, desesperadamente feliz

de morir al fin, también la muerte es fresca y su sombra no
está habitada por ningún dios.

»No morí, un odio joven se alzó un día al mismo tiempo
que yo, caminó hacia la puerta del fondo, la abrió, la cerró
detrás, odiaba a los míos, allí estaba el fetiche y desde lo más
hondo del agujero en el que yo estaba hice algo más que rezar,
creí en él y renegué de todo en lo que había creído hasta entonces. Salud, él era la fuerza y el poder, podía ser destruido pero
no se le podía convertir, miraba por encima de mi cabeza con
sus ojos vacíos y herrumbrosos. Salud, él era el amo, el único
señor, cuyo atributo indiscutible era la maldad, porque no
hay señores buenos. Por primera vez, a fuerza de injurias, con
todo el cuerpo gritando con un dolor único, me abandoné a él
y aprobé su orden maligno, adoré en él el principio malvado
del mundo. Prisionero en su reino, aquella ciudad estéril es-
culpida en una montaña de sal, separada de la naturaleza, pri-
vada de las floraciones fugitivas y raras del desierto, sustraída
a sus azares y a sus ternuras, una nube insólita, una lluvia ra-
biosa y breve que incluso el sol o las arenas conocen, la ciudad
del orden, en fin, de ángulos rectos, habitaciones cuadradas,
hombres envarados, me convertí libremente en uno de sus
ciudadanos, rencoroso y torturado, y renegué de la larga historia que me habían enseñado. Me habían engañado, el único
reinado sin fisuras es el de la maldad, me habían engañado, la
verdad es cuadrada, pesada, densa, no soporta los matices, el
bien es una ensoñación, un proyecto aplazado y perseguido
sin cesar con un esfuerzo extenuante, un límite nunca alcanza-
do, su reinado es imposible. Solo el mal puede alcanzar sus
confines y reinar con poder absoluto, a él hay que servir para
instaurar su invisible reino, después ya veremos, qué significa
después, solo el mal está presente, abajo Europa, la razón, el
honor y la cruz. Sí, tenía que convertirme a la religión de mis

señores, sí, sí, yo era el esclavo, pero si yo también fuera malvado no sería el esclavo, a pesar de mis pies encadenados y de mi boca muda. ¡Oh! Este calor me vuelve loco, el desierto grita por todas partes bajo esta luz insoportable, y a él, al otro, al Señor de la dulzura, cuyo nombre basta para revolverme las tripas, yo reniego de él, porque ahora le conozco. Soñaba y quería mentir, y le cortaron la lengua para que sus palabras no engañaran al mundo, le clavaron clavos hasta en la cabeza, su pobre cabeza, como ahora la mía, qué lío, qué cansado estoy, y la tierra no se estremeció, estoy seguro, porque al que mataban no era un justo, me niego a creerlo, porque no hay justos sino señores malvados que hacen reinar la implacable verdad. Sí, solo el fetiche tiene el poder, él es el único dios de este mundo, el odio es su mandamiento, la fuente de toda vida, el agua fresca, fresca como la menta que hiela la boca y quema el estómago.

»Entonces cambié, ellos lo comprendieron, besaba sus manos cuando los encontraba, era de los suyos, los admiraba sin cansarme, confié en ellos, esperaba que mutilaran a los míos del mismo modo que me habían mutilado. Y cuando me enteré de que el misionero iba a venir supe lo que tenía que hacer. ¡Un día como los demás, la misma luz cegadora, como desde hacía tanto tiempo! Al final de la tarde se vio surgir a un vigía corriendo por la cresta de la hondonada, y algunos minutos más tarde me arrastraron hasta la casa del fetiche, a puerta cerrada. Uno de ellos me sujetó contra el suelo, en la sombra, amenazándome con su sable en forma de cruz, y el silencio duró largo tiempo, hasta que un ruido invadió la ciudad, tan apacible de ordinario, voces que tardé mucho tiempo en reconocer porque hablaban mi idioma, pero en cuanto resonaron la punta del sable se acercó a mis ojos y mi guardián me miró en silencio. Todavía oigo las dos voces que se acercaron, una preguntaba por qué aquella casa estaba custodiada, si no sería mejor derribar la puerta, mi teniente, y la otra decía: "No", con una voz breve, añadiendo después de un rato que se había concluido un pacto para que la ciudad aceptara una guarnición de veinte hombres, a condición de que acamparan fuera de las murallas y de que se respetaran las costumbres. El soldado se echó a reír, qué pamplinas, pero el oficial dudaba, en todo caso aceptaban por primera vez recibir a alguien para cuidar a los niños, y ese alguien sería el capellán, y más tarde ya se ocuparían del territorio. El otro dijo que, si los soldados no estaban allí, al capellán le cortarían lo que él sabía: "¡No, hombre, no! —respondió el oficial—, el padre Beffort llegará antes incluso que la guarnición, estará aquí en un par de días". Ya no pude oír nada más, inmóvil, aterrorizado bajo el sable, todo me dolía, una rueda de agujas y cuchillos giraba en mi interior. Estaban locos, estaban locos, iban a dejar que tocaran a su ciudad, a su poder invencible, al verdadero dios, y al otro, al que iba a venir, no le cortarían la lengua, le dejarían que exhibiera su insolente bondad sin pagar nada a cambio, sin sufrir ninguna injuria. El reinado del mal se alejaría, volverían las dudas, íbamos a perder de nuevo el tiempo soñando con un bien imposible, agotándonos en esfuerzos estériles en lugar de adelantar la llegada del único reino posible, y yo miraba la hoja que me amenazaba, ¡oh, poder, único rey de este mundo! Oh, poder, y la ciudad se fue vaciando poco a poco de sus gritos, la puerta se abrió al fin, me quedé solo con el fetiche, quemado, amargado, y le juré a él salvar mi nueva fe, salvar a mis verdaderos amos, a mi Dios déspota, y ser traidor, a conciencia, costara lo que costase.

»Ra, el calor disminuye un poco, ya no vibra la piedra, puedo salir de mi agujero, contemplar el desierto cubriéndose de amarillo y ocre, y después malva, uno tras otro. La noche pasada esperé a que durmieran, había atascado la cerradura de la puerta, salí con el mismo paso de siempre, medido por la longitud de la cuerda, conocía las calles, sabía dónde apropiarme del viejo fusil, sabía cuál era la salida que no estaba vigilada, y llegué aquí a la hora en que la noche empieza a perder el color en torno a un puñado de estrellas y el desierto se oscurece un poco. Y ahora me parece que hace días y días que estoy agazapado en estas rocas. ¡Pronto, pronto, que llegue pronto! Dentro de nada comenzarán a buscarme, irán volando por todas las pistas, por todas partes, no sabrán que me he fugado por ellos y para servirles mejor, mis piernas son débiles, ebrio de hambre y de odio. ¡Oh, oh! Allí, ra, ra, dos camellos van aumentando de tamaño en el confín de la pista, corriendo parejos, multiplicados por sus cortas sombras, corren con ese paso vivo y soñador que tienen siempre. ¡Por fin están aquí!

»El fusil, pronto, hay que amartillarlo, deprisa. ¡Oh, fetiche, mi dios allí, que tu poder sea mantenido, que la injuria se multiplique, que reine el odio sin perdón sobre un mundo de condenados, que el malvado gobierne para siempre, que llegue por fin el reino en que negros tiranos de una única ciudad de sal y hierro dominen y posean sin piedad! Y ahora, ra, ra, fuego sin piedad, fuego sobre la impotencia y su caridad, fuego sobre todo lo que retrasa la llegada del mal, fuego dos veces, y ahí los veo que se revuelcan, caen, y los camellos huyen hacia el horizonte donde un surtidor de pájaros negros acaba de alzar el vuelo en el cielo inalterable. Me río, me río, aquel se retuerce en su detestable sotana, levanta un poco la cabeza, me ve a mí, su señor encadenado y todopoderoso, por qué me sonríe, aplasto esa sonrisa. Qué agradable es el ruido de la culata sobre el rostro de la bondad, hoy, hoy al fin todo se ha consumado, y por todo el desierto incluso a horas de distancia de aquí, los chacales olfatean la brisa ausente, y después emprenden la marcha con un pequeño trote paciente hacia el festín de carroña que les espera. ¡Victoria! Alzo los brazos al cielo y el cielo se enternece, se adivina una sombra violeta en el límite opuesto. Oh, noches de Europa, patria, infancia, ¿por qué lloro en el instante del triunfo?

»Se ha movido, no, el ruido viene de otro lado, y del otro lado, allí, son ellos, ahí llegan como un vuelo de pájaros sombríos, mis amos, se precipitan sobre mí, me agarran, ¡ah, ah!, sí, golpeadme, temen por su ciudad, saqueada y gimiente, temen por la llegada de los soldados vengadores a los que yo he atraído sobre la ciudad sagrada, eso era lo que hacía falta. Defendeos ahora, golpead, golpead sobre mí primero, vosotros poseéis la verdad. ¡Oh, señores míos! Después vencerán a los soldados, vencerán al verbo y al amor, subirán por los desiertos, cruzarán los mares, cubrirán la luz de Europa con sus negros velos, golpead en el vientre, sí, golpead en los ojos, sembrarán el continente con su sal, se extinguirá toda vegetación y toda juventud, y a mi lado caminarán con los pies encadenados las muchedumbres mudas, por el desierto del mundo, bajo el sol cruel de la verdadera fe, y ya no estaré solo. ¡Ah! Cuánto dolor, cuánto daño, su furia es buena, y me río ensillado sobre esta silla de guerra en la que ahora me descuartizan, y amo el golpe que me clava, crucificado.

«¡Qué silencioso está el desierto! Ha llegado la noche y estoy solo, y tengo sed. Esperar todavía, esos ruidos a lo lejos, por donde está la ciudad, quizá hayan vencido los soldados, no, eso no debe suceder, incluso si vencen, los soldados no serán lo suficientemente malvados, no sabrán reinar, seguirán diciendo que hay que ser mejores, y otra vez millones de hombres entre el mal y el bien, desgarrados, desconcertados, oh, fetiche

¿por qué me has abandonado? Todo ha concluido, tengo sed, mi cuerpo arde, la noche oscura me nubla los ojos.

»Qué sueño tan largo, me despierto, no, voy a morir, se anuncia el alba, el primer resplandor del día para los demás mortales y para mí el sol inexorable, las moscas. Quién habla, nadie, el cielo no se abre, no, no, Dios no habla en el desierto y, sin embargo, de dónde viene esta voz que dice: "Si tú consientes en morir por el poder y el odio, ¿quién nos perdonará?". Es otra lengua dentro de mí o sigue siendo aquel que no quiere morir y que repite: "Ánimo, ánimo, ánimo". ¡Ah, si de nuevo me hubiera equivocado! ¡Hombres antaño fraternales, único recurso, oh, soledad, no me abandonéis! Aquí, aquí, quién eres tú, desgarrado, con la boca ensangrentada, eres tú, el brujo, los soldados te han vencido, arde allí la sal, eres tú, mi amado señor. Deja ese rostro de odio, sé bueno ahora, nos hemos equivocado, volveremos a empezar, reconstruiremos la ciudad de misericordia, quiero volver a casa. Sí, ayúdame, eso es, tiéndeme la mano, dámela…».

Un puñado de sal llenó la boca del esclavo charlatán.

Los mudos

Estábamos en pleno invierno y, sin embargo, una jornada radiante despuntaba sobre la actividad de la ciudad. El mar y el cielo se confundían en la punta del malecón con idéntico resplandor. Pero Yvars no lo veía. Circulaba pesadamente a lo largo de los bulevares que dominan el puerto. Su pierna inválida descansaba inmóvil sobre el pedal fijo de la bicicleta, mientras la otra se esforzaba por vencer los adoquines todavía mojados de humedad nocturna. Menudo sobre el sillín, evitaba los raíles del antiguo tranvía sin levantar la cabeza, y se apartaba con un golpe brusco de manillar para dejar pasar a los automóviles que le adelantaban, y de vez en cuando, de un codazo, echaba atrás sobre los riñones el morral en el que Fernande había puesto su almuerzo. Entonces pensaba con amargura en el contenido del morral. Entre dos rebanadas de pan de hogaza, en lugar de la tortilla española que tanto le gustaba o del filete frito en aceite, solo había queso.

Nunca le había parecido tan largo el camino hasta el taller. Cierto que se estaba haciendo viejo. Aunque siguiera tan seco como un sarmiento de vid, los músculos ya no se calientan tan rápido a los cuarenta años. A veces, al leer las crónicas deportivas donde llamaban veterano a un atleta de treinta años, se encogía de hombros. «Si eso es ser un veterano —decía a Fernande—, entonces yo soy un fiambre». Sin embargo, sabía que el periodista no se equivocaba del todo. A los treinta años, el resuello disminuye, imperceptiblemente. A los cuarenta no se es un fiambre, no, pero uno se prepara para serlo, con tiempo, por adelantado. ¿No sería por eso por lo que hacía tiempo que durante el trayecto que le llevaba a la otra punta de la ciudad, a la fábrica de toneles, ya no miraba el mar? Cuando tenía veinte años no se cansaba de contemplarlo; era la promesa de un fin de semana feliz, en la playa. A pesar o a causa de su cojera, siempre le había gustado nadar. Después habían pasado los años, había aparecido Fernande, había nacido el muchacho y, para vivir, vinieron las horas suplementarias el sábado, en la tonelería, y el domingo, las pequeñas chapuzas en casas particulares. Poco a poco había perdido la costumbre de aquellas jornadas violentas que le saciaban. El agua profunda y clara, el fuerte sol, las muchachas, la vida del cuerpo, no había más felicidad que aquella en su tierra. Y aquella felicidad se desvanecía con la juventud. A Yvars le seguía gustando el mar, pero solo al final del día, cuando las aguas de la bahía se oscurecían un poco. Era una hora suave en la terraza de su casa, cuando se sentaba después del trabajo, contento con la camisa limpia que Fernande planchaba con tanto esmero y con el vaso empañado de anís. Caía la tarde, una breve dulzura se instalaba en el cielo, los vecinos que charlaban con Yvars bajaban de repente la voz. Entonces no sabía si era feliz o si tenía ganas de llorar. Al menos en aquellos momentos sabía que lo único que podía hacer era esperar, suavemente, sin saber a ciencia cierta qué.

Por el contrario, cuando se dirigía a su trabajo por las mañanas ya no le gustaba mirar el mar, siempre fiel a la cita, y solo lo contemplaría al atardecer. Aquella mañana circulaba con la cabeza baja, más pesada aún que de costumbre, y con el corazón igualmente apesadumbrado. La víspera por la noche, al volver de la reunión, anunció que reanudaban el trabajo y Fernande había preguntado alegremente: «Entonces ¿el patrón os sube la paga?». Pero el patrón no subía nada, la huelga había fracasado. Había que reconocer que habían maniobrado mal. Había sido una huelga colérica, y el sindicato había tenido razón apoyándola sin entusiasmo. Además, quince obreros no representan gran cosa; el sindicato tenía en cuenta otras tonelerías que no habían seguido el movimiento. No se les podía guardar rencor. La industria de la tonelería, amenazada por los barcos y los camiones cisterna, no iba del todo bien. Cada vez se fabricaban menos barriles y menos cubas bordelesas; se reparaban sobre todo las grandes cubas ya existentes. Los patronos veían peligrar sus negocios, eso era cierto, pero al mismo tiempo querían salvaguardar su margen de beneficios; les parecía una vez más que lo más sencillo era frenar los salarios, a pesar de la subida de precios. ¿Qué pueden hacer los toneleros cuando la tonelería desaparece? Cuando uno se ha tomado el trabajo de aprender un oficio no se cambia; y aquel era un oficio difícil, necesitaba un largo aprendizaje. Era raro encontrar un buen tonelero, el que ajusta las duelas curvadas, las une casi herméticamente con un aro de hierro calentado al fuego, sin utilizar rafia o estopa. Yvars lo sabía y estaba orgulloso de ello. Cambiar de oficio no es nada, pero no es fácil renunciar a lo que uno sabe, a la propia habilidad. Un buen oficio sin empleo, estaban listos, había que resignarse. Pero tampoco la resignación es fácil. Era difícil callarse la boca, no poder discutirlo de verdad y tomar cada mañana el mismo camino con una fatiga acumulada para recibir únicamente al final de la semana lo que buenamente se os quiere dar, y que cada vez resulta más insuficiente.

Y, en consecuencia, se habían enfurecido. Dos o tres de ellos dudaban, pero se dejaron ganar por la cólera después de las primeras discusiones con el patrón. Este les había dicho, en efecto, muy seco, que lo tomaban o lo dejaban. Un hombre no habla así. «¡Qué se cree! —había dicho Esposito—, ¿que nos vamos a bajar los pantalones?». Por otro lado, el patrón no era mal tipo. Había sucedido a su padre, había crecido en el taller y hacía años que conocía a casi todos los obreros. A veces les invitaba a merendar en la tonelería; asaban sardinas o morcillas sobre una hoguera de virutas, y después de darle al vino era muy amable. Para Año Nuevo entregaba a cada obrero cinco botellas de vino de marca, y a menudo, cuando alguno de ellos caía enfermo o simplemente se producía algún acontecimiento, como una boda o una primera comunión, les regalaba dinero. Cuando nació su hija, había repartido almendras a todo el mundo. Había invitado dos o tres veces a Yvars a cazar en su finca de la costa. No cabía duda de que apreciaba a sus obreros, y a menudo repetía que su padre había empezado de aprendiz. Pero nunca había ido a sus casas y no se daba cuenta de ello. Solo pensaba en él, porque solo conocía lo suyo, y ahora venía eso de lo tomas o lo dejas. O, dicho de otro modo, también él se había cerrado en banda. Pero él se lo podía permitir.

Habían forzado la mano al sindicato y el taller había cerrado sus puertas. «No os toméis la molestia de poner piquetes de huelga —había dicho el patrón—. Cuando el taller no funciona, ahorro dinero». No era verdad, pero aquello había empeorado las cosas al echarles en cara que les daba trabajo por caridad. Esposito se había vuelto loco de rabia y le había dicho que no era un hombre. El otro tenía la sangre caliente y había habido que separarles. Pero, al mismo tiempo, los obreros quedaron impresionados. Veinte días de huelga, las mujeres tristes en casa, dos o tres de ellos se desanimaron y para colmo el sindicato les aconsejó ceder bajo promesa de un arbitraje y de la recuperación de las jornadas de huelga con horas suplementarias. Decidieron volver al trabajo, pero manteniendo el tipo, por supuesto, diciendo que aquello no se había ventilado, que quedaba mucha partida por jugar. Pero aquella mañana, con una fatiga que parecía el peso de la derrota, con el queso en lugar de la carne, no era posible mantener la ilusión. Por mucho que brillara el sol, el mar ya no prometía nada. Yvars pisaba su pedal único y a cada vuelta de rueda le parecía envejecer un poco más. Cuando pensaba que iba a encontrarse otra vez en el taller, con los camaradas y con el patrón, se acongojaba cada vez más. Fernande se había preocupado: «¿Qué le vais a decir?». «Nada». Yvars se subió a la bicicleta y sacudió la cabeza. Apretó los dientes; su rostro pequeño, moreno y arrugado, de rasgos finos, se cerró. «Trabajamos. Con eso basta». Ahora circulaba con los dientes todavía apretados, con una cólera triste y seca que ensombrecía el mismo cielo.

Dejó el bulevar y el mar y se adentró en las calles húmedas del viejo barrio español. Desembocaban en una zona ocupada únicamente por cocheras, almacenes de ferralla y garajes, donde se encontraba el taller: era una especie de galpón de fábrica de mampostería hasta media altura y el resto encristalado hasta el techo, de chapa ondulada. Aquel taller daba a la antigua tonelería, un patio rodeado de viejas construcciones que habían sido desalojadas al crecer la empresa y que ahora servía únicamente de depósito de maquinaria fuera de uso y de barricas viejas. Más allá del patio, y separado de él por una especie de camino cubierto de tejavana, empezaba el jardín del patrón, al fondo del cual se levantaba la casa. A pesar de ser grande y fea, resultaba sin embargo atractiva, por la parra virgen y la escuálida madreselva que rodeaban su escalera exterior.

Yvars vio enseguida que las puertas del taller estaban cerradas. Delante de ellas se hallaba un grupo de obreros silenciosos. Era la primera vez desde que trabajaba allí que se encontraba las puertas cerradas al llegar. El patrón había querido marcar el tanto. Yvars se dirigió hacia la izquierda, dejó su bicicleta bajo el alero que prolongaba el galpón por aquel lado y fue hacia la puerta. Reconoció de lejos a Esposito, un muchachote moreno y peludo que trabajaba a su lado; a Marcou, el delegado sindical con su cara de tenor de opereta; a Said, el único árabe del taller, y a todos los demás que, en silencio, le vieron acercarse. Pero, antes de que tuviera tiempo de reunirse con ellos, de repente se dieron la vuelta hacia las puertas del taller, que habían empezado a abrirse. Ballester, el encargado, apareció en el umbral. Abrió una de las pesadas hojas y, volviendo la espalda a los obreros, la empujó lentamente sobre su carril de hierro.

Ballester, que era el más viejo de todos ellos, no había aprobado la huelga, pero cuando Esposito le dijo que servía a los intereses del patrón se había callado. Ahora se había colocado junto a la puerta, ancho y pequeño en su jersey azul marino, ya con los pies desnudos (junto con Said, era el único que trabajaba con los pies desnudos), y, según iban entrando de uno en uno los fue mirando con aquellos ojos suyos tan claros que parecían no tener color en su rostro curtido, con su boca triste bajo los bigotes espesos y lacios. Ellos callaban, humillados por aquella entrada de vencidos, furiosos por su propio silencio, pero cada vez menos capaces de romperlo a medida que se prolongaba. Pasaban sin mirar a Ballester porque sabían que, al hacerlos entrar de aquella manera, ejecutaba una orden, y porque su aspecto amargo y contrito les daba a entender lo que pensaba de ello. Pero Yvars lo miró. Ballester, que le apreciaba, meneó la cabeza sin decir nada.

Ahora se encontraban todos en el pequeño vestuario, a la derecha de la entrada: una serie de cabinas abiertas, separadas por tablas de madera sin barnizar a cada uno de cuyos lados se había colocado un pequeño armario con cerradura; la última cabina a partir de la entrada, pegada a las paredes del galpón, había sido transformada en ducha, sobre un desagüe abierto en el propio suelo de tierra apisonada. Según los lugares de trabajo, en el centro del galpón se veían las cubas bordelesas, ya terminadas, pero con los aros sueltos, esperando ser ajustados al fuego, y también los gruesos bancos, surcados por una larga hendidura (y en algunos de ellos se veían, deslizados en la hendidura, los fondos circulares de madera, esperando el acabado a la garlopa), y finalmente los fuegos negruzcos. A la izquierda de la entrada, a lo largo del muro, se alineaban los bancos de trabajo. Frente a ellos se amontonaban las duelas por cepillar. No lejos del vestuario, contra el muro de la derecha, brillaban dos grandes sierras mecánicas, fuertes, silenciosas y bien aceitadas.

Hacía mucho tiempo que el galpón era demasiado grande para el puñado de hombres que lo ocupaban. Durante los calores fuertes era una ventaja, pero en invierno resultaba un inconveniente. Pero aquel día, en aquel espacio, con el trabajo allí plantado, los toneles arrinconados con un aro único sujetando en el pie las duelas que se abrían en lo alto como toscas flores de madera, el polvo de serrín recubriendo los bancos, las cajas de herramientas y las máquinas, todo aquello daba al taller un aspecto de abandono. Vestidos ya con sus viejos jerseys, con sus pantalones deslavados y remendados, contemplaban aquello y dudaban. Ballester los observaba. «¿Empezamos, pues?», dijo. Uno a uno se fueron incorporando a su sitio sin decir nada. Ballester fue de un lugar a otro recordando brevemente el trabajo que había por terminar o por empezar. Nadie respondía. Pronto resonó el primer martillo contra la cuña de madera ferrada, ajustando un aro en la parte gruesa de un tonel, y una garlopa gimió sobre un nudo de madera, y una de las sierras, conectada por Esposito, arrancó con un gran ruido de cuchillas estremecidas. Said iba acercando duelas según se las iban solicitando, o encendía las hogueras de virutas sobre las cuales se colocaban los toneles para que se hincharan en su corsé de aros de hierro. Cuando nadie le llamaba, ponía remaches en un banco a los anchos aros herrumbrosos con grandes martillazos. El olor de las virutas quemadas empezó a llenar el galpón. Yvars, que cepillaba y ajustaba las duelas que Esposito aserraba, reconoció el viejo aroma y su corazón se alivió un poco. Todos trabajaban en silencio, pero poco a poco fue renaciendo en el taller una especie de calor y de vida. Una luz fresca llenaba el galpón a través de las grandes cristaleras. El humo azuleaba en el aire dorado; Yvars oyó incluso un insecto zumbar cerca de él.

En aquel momento se abrió la puerta que comunicaba con la antigua tonelería, en la pared del fondo, y el señor Lassalle, el patrón, apareció en el dintel. Delgado y moreno, apenas pasaba de la treintena. Con la camisa blanca ampliamente abierta bajo un traje de gabardina beis, parecía a gusto consigo mismo. A pesar de su rostro, muy huesudo, como labrado a cuchillo, normalmente inspiraba simpatía, como la mayor parte de las personas a quienes la práctica del deporte confiere un aire desenvuelto. Sin embargo, al franquear la puerta, parecía algo molesto. Su saludo no fue tan sonoro como de costumbre; en todo caso nadie respondió. El ruido de los martillos se alteró un instante, perdió algo de ritmo y se reanudó con la misma intensidad. El señor Lassalle avanzó indeciso algunos pasos, después se dirigió hacia el pequeño Valery que trabajaba con ellos desde hacía solo un año. Este se hallaba colocando un fondo de cuba en una bordelesa, junto a la sierra mecánica, a pocos pasos de Yvars, y el patrón se paró a ver la labor. Valery continuó trabajando sin decir nada. «Bueno, chico —dijo el señor Lassalle—, ¿qué tal todo?». De repente los gestos del jovencito se hicieron más torpes. Echó una ojeada a Esposito que, cerca de él, amontonaba con sus enormes brazos una pila de duelas para llevárselas a Yvars. Esposito lo miró también, sin dejar su trabajo, y Valery volvió a hundir la nariz en su bordelesa sin responder al patrón. Lassalle, algo cortado, permaneció un instante plantado frente al joven, después se encogió de hombros y se volvió hacia Marcou. A horcajadas en su banco, este terminaba de afilar con pequeños golpes precisos y lentos la arista de un fondo de cuba. «Buenos días, Marcou», dijo Lassalle en un tono más seco. Marcou no respondió, atento únicamente a sacar de la madera ligerísimas virutas. «Qué mosca os ha picado —dijo Lassalle con voz fuerte, volviéndose esta vez a los demás obreros—. No hemos llegado a un acuerdo, ya lo sabemos. Pero eso no impide que tengamos que trabajar juntos. Entonces ¿para qué sirve ponerse así?». Marcou se levantó alzando su fondo de cuba, comprobó con la palma de la mano la arista circular, cerró los ojos lánguidos con aire de gran satisfacción y, todavía silencioso, se dirigió hacia otro obrero que estaba ajustando una bordelesa. Solo se oía el ruido de los martillos y de la sierra metálica en todo el taller. «Bien —dijo Lassalle—, cuando se os haya pasado, me mandáis a Ballester para que me avise». Salió del taller con pasos tranquilos.

Unos momentos después un timbre sonó dos veces por encima del estrépito del taller. Ballester, que acababa de sentarse para liar un cigarrillo, se levantó pesadamente y se dirigió hacia la pequeña puerta del fondo. Después de que hubo salido los martillos sonaron con menos fuerza; incluso uno de los obreros se había parado ya cuando Ballester regresó. Dijo solamente desde la puerta: «Marcou, Yvars, el patrón quiere veros». El primer impulso de Yvars fue ir a lavarse las manos,

pero Marcou le agarró a su paso por el brazo y lo siguió co-
jeando.

Fuera, en el patio, la luz era tan fresca, tan líquida, que
Yvars la sentía sobre su rostro y sobre sus brazos desnudos.
Subieron por la escalera exterior, bajo la madreselva, que ya
mostraba algunas flores. Cuando entraron en el corredor tapizado de diplomas, oyeron el llanto de un niño y la voz del
señor Lassalle que decía: «La acostarás después del almuerzo.
Llamaremos al médico si no se le pasa». Después, el patrón
apareció en el corredor y les hizo pasar a un pequeño despacho
que ya conocían, amueblado en falso estilo rústico, con las
paredes adornadas de trofeos deportivos. «Sentaos —dijo Lassalle acomodándose detrás del escritorio. Se quedaron de
pie—. Os he mandado venir porque tú, Marcou, eres el delegado, y tú, Yvars, eres el empleado de más antigüedad después
de Ballester. No quiero volver a empezar las discusiones que
ya hemos dado por concluidas. No puedo daros lo que me
pedís, es absolutamente imposible. El asunto está cerrado y
hemos llegado a la conclusión de que había que volver al trabajo. Ya he visto que me guardáis rencor y eso me resulta penoso, os lo digo como lo siento. Quiero simplemente añadir
lo siguiente: lo que no he podido hacer esta vez quizá pueda
hacerlo cuando los negocios vayan mejor. Y si puedo hacerlo
lo haré antes incluso de que me lo pidáis. Mientras tanto, in-
tentemos trabajar en buena armonía». Se calló, parecía reflexionar, después alzó los ojos hacia ellos. «¿Qué os parece?», dijo.
Marcou miraba fuera. Yvars, con los dientes apretados, quería
hablar, pero no podía. «Escuchad —dijo Lassalle—, creo que
os habéis obcecado. Se os pasará. Y cuando os hayáis vuelto
razonables acordaos de lo que acabo de deciros». Se levantó, se acercó a Marcou y le tendió la mano. «Chao», dijo. Marcou palideció de golpe, su rostro de tenor sentimental se en-

dureció y por espacio de un segundo adquirió una expresión malvada. Después giró bruscamente sobre sus talones y salió. Lassalle, también pálido, miró a Yvars sin tenderle la mano. «Idos a la mierda», gritó.

Cuando regresaron al taller, los obreros estaban almorzando. Ballester había salido. Marcou dijo solamente: «Palabras en el aire», y volvió a su lugar de trabajo. Esposito dejó de morder su pedazo de pan y preguntó lo que habían contestado; Yvars dijo que no habían contestado nada. Después fue a buscar su morral y regresó a sentarse en el banco en que trabajaba. Había empezado a comer cuando vio no lejos de él a Said, tumbado de espaldas sobre un montón de virutas, con la mirada perdida en la cristalera que empezaba ya a azulear sobre un cielo menos luminoso. Le preguntó si ya había terminado. Said dijo que ya se había comido sus higos. Yvars dejó de comer. El malestar que no le había abandonado desde la entrevista con Lassalle desapareció de repente únicamente para dejar lugar a un impulso afectuoso. Se levantó partiendo el pan y, ante el rechazo de Said, dijo que la semana próxima todo iría mejor. «Entonces te llegará el turno de invitarme», dijo. Said sonrió. Empezó a morder un pedazo del bocadillo de Yvars, pero desapegadamente, como un hombre que no está hambriento.

Esposito tomó una vieja cacerola y encendió una fogata de virutas y madera. Calentó café que había traído en una botella. Dijo que era un regalo que su tendero hacía al taller una vez enterado del fracaso de la huelga. El vaso de un frasco de mostaza circuló de mano en mano. Cada vez Esposito lo llenaba de café ya azucarado. Said lo bebió con más gusto que el que había tenido comiendo. Esposito bebió el café de la misma cacerola caliente, con juramentos, chasqueando los labios. En aquel momento Ballester entró para anunciar el fin de la pausa.

Mientras se levantaban y recogían papeles y recipientes en los morrales, Ballester se colocó en medio de ellos y de repente dijo que era un golpe duro para todos, y también para él, pero que ese no era motivo para portarse como críos y que de nada servía poner malas caras. Esposito se volvió hacia él con la cacerola en la mano; su rostro, espeso y largo, había enrojecido de golpe. Yvars sabía lo que iba a decir, algo que todos estaban pensando, que ellos no ponían malas caras, que les estaban cerrando la boca, lo tomas o lo dejas, y que a veces la cólera y la impotencia duelen tanto que ni siquiera se puede gritar. Eran hombres, eso era todo, y no iban a empezar a sonreír y hacer monerías. Pero Esposito no dijo nada de eso, finalmente su rostro se relajó y dio suavemente unas palmadas a Ballester en el hombro mientras los demás volvían al trabajo. De nuevo resonaron los martillos, el galpón se llenó del estrépito familiar, del olor de las virutas y de la ropa vieja empapada de sudor. La gran sierra rugía y mordía la madera fresca de la duela que Esposito empujaba lentamente delante de él. En el lugar del corte iba surgiendo una viruta mojada y una especie de serrín como pan rallado iba cubriendo las fuertes manos peludas, firmemente apretadas sobre la plancha de madera, de cada lado de la rugiente hoja. Cuando se acababa el corte de la duela, solo se oía el ruido del motor.

Yvars sentía ahora la crispación de su espalda inclinada sobre la garlopa. Normalmente la fatiga llegaba más tarde. Era evidente que durante las semanas de inactividad había perdido entrenamiento. Pero también pensaba que la edad hace más duro el trabajo de las manos, cuando ese trabajo no es de simple precisión. Aquella crispación también le anunciaba la vejez. Cuando los músculos juegan un papel, el trabajo acaba por convertirse en una maldición, precede a la muerte, y precisamente en la noche, después del esfuerzo, el sueño es como la muerte. El chico quería ser maestro, tenía razón, todos los que hacen discursos sobre el trabajo manual no saben de lo que hablan.

Cuando Yvars se incorporó para tomar aliento y también para apartar aquellos malos pensamientos, el timbre sonó de nuevo. Era insistente, pero de una forma tan curiosa, con paradas cortas renovadas imperiosamente, que los obreros pararon el trabajo. Sorprendido, Ballester escuchó, después se decidió y se dirigió lentamente hacia la puerta. Hacía unos segundos que había desaparecido cuando al fin cesó el timbre. Volvieron al trabajo. La puerta se abrió de nuevo, brutalmente, y Ballester se precipitó hacia el vestuario. Salió calzándose las alpargatas, poniéndose la chaqueta, y al pasar dijo a Yvars: «La cría ha tenido un ataque. Voy a buscar a Germain», y salió corriendo hacia la puerta grande. El doctor Germain atendía el taller; vivía en el barrio. Yvars repitió la noticia sin comentarios. Se habían reunido a su alrededor y se miraban, molestos. Solo se oía el motor de la sierra mecánica que giraba libremente. «No será nada grave», dijo alguien. Volvieron a sus sitios y el ruido llenó de nuevo el taller, pero trabajaban lentamente, como a la espera de algo.

Al cabo de un cuarto de hora entró de nuevo Ballester, se quitó la chaqueta y sin decir palabra volvió a salir por la puerta pequeña. La luz iba cayendo en la cristalera. Poco después, en un intervalo, cuando la sierra no estaba cortando madera, se oyó la sirena mate de una ambulancia, primero lejana, después acercándose, al fin presente y luego silenciosa. Al cabo de un momento Ballester regresó y todos se acercaron a él. Esposito había desconectado el motor y Ballester dijo que la niña se había caído al suelo de golpe, mientras se desnudaba en su habitación, como si le hubieran cortado los pies. «¡Qué cosas!», dijo Marcou. Ballester movió la cabeza haciendo un gesto vago hacia el taller, pero se encontraba muy afectado. De nuevo se oyó la sirena de la ambulancia. Todos estaban allí, en el taller silencioso, bajo la inundación de luz amarilla que derramaba la cristalera, con sus manos rudas, inútiles, colgando a lo largo de sus viejos pantalones cubiertos de serrín.

El resto de la tarde se fue prolongando. Yvars ya solo sentía su fatiga y su corazón acongojado. Le habría gustado hablar. Pero no tenía nada que decir y los demás tampoco. En sus rostros taciturnos solo se leía la pena y una especie de obstinación. A veces se formaba en él la palabra desgracia, pero era solo un instante, y al momento desaparecía lo mismo que una burbuja se forma y estalla al mismo tiempo. Tenía ganas de volver a casa y de encontrarse con Fernande y con el chico, y también de estar en la terraza. Precisamente entonces Ballester anunció el final. Las máquinas pararon. Empezaron a apagar los fuegos sin apresurarse, poniendo en orden sus bancos, y luego se dirigieron de uno en uno hacia el vestuario. Said se quedó el último, porque tenía que limpiar los lugares de trabajo y regar el suelo polvoriento. Cuando Yvars llegó al vestuario, Esposito, enorme y peludo, estaba ya bajo la ducha. Le volvía la espalda mientras se enjabonaba con grandes ruidos. Normalmente le gastaban bromas sobre su pudor; en efecto, aquel gran oso ocultaba obstinadamente sus partes nobles. Pero aquel día nadie pareció darse cuenta de ello. Esposito salió de espaldas y se enrolló alrededor de las caderas una toalla como un taparrabos. Los otros siguieron su turno y cuando Marcou se palmeaba vigorosamente los flancos desnudos se oyó el desliz pesado de la gran puerta sobre su carril de hierro. Lassalle entró.

Estaba vestido como cuando su primera visita, pero tenía el cabello algo despeinado. Se detuvo en el umbral, contempló el amplio taller desierto, avanzó unos pasos, se detuvo de nuevo y miró hacia el vestuario. Esposito, cubierto aún con su ta-

parrabos, se volvió hacia él. Desnudo, molesto, se apoyaba
alternativamente en uno y otro pie. Yvars pensó que Marcou
debía decir algo. Pero este seguía invisible detrás de la cortina de agua que le rodeaba. Esposito alcanzó una camisa y se
la puso rápidamente cuando Lassalle dijo: «Buenas tardes»,
con una voz un poco desafinada, y empezó a caminar hacia la
puerta pequeña. La puerta se cerraba ya cuando Yvars pensó
que había que llamarle.

Entonces Yvars empezó a vestirse sin lavarse, dio también
las buenas tardes, pero de todo corazón, y todos le respondie-
ron calurosamente. Salió a toda prisa, tomó la bicicleta y cuando montó en ella sintió sus agujetas. Ahora circulaba en la
tarde agonizante, a través de la ciudad atestada de tráfico. Iba
deprisa, quería llegar a la vieja casa y a la terraza. Se ducharía
en el lavadero antes de sentarse a contemplar el mar que ya le
acompañaba, más oscuro que por la mañana, por encima de las
barandillas del bulevar. Pero también la niña le acompañaba y
no podía dejar de pensar en ella.

En casa, el chaval había vuelto de la escuela y leía unas revistas. Fernande preguntó a Yvars si todo había ido bien. No dijo
nada, se duchó en el lavadero y después se sentó en el banco,
junto al pequeño muro de la terraza. Por encima de su cabeza
estaba tendida una cuerda de ropa interior remendada, el cielo
se volvía transparente; más allá del muro se podía contemplar el
mar suave en el atardecer. Fernande trajo el anís, dos vasos y la
jarra de agua fresca. Se acomodó cerca de su marido. Entonces
él le contó todo, cogiéndola de la mano, como en los primeros
tiempos de su matrimonio. Cuando acabó permaneció inmóvil,
volviéndose hacia el mar donde ya empezaba a correr de un
extremo a otro el rápido crepúsculo. «¡Ah! Es culpa suya», dijo.
Le habría gustado ser joven, y que Fernande lo fuera también,
y entonces se habrían marchado del otro lado del mar.

El huésped

El maestro vio a los dos hombres que venían hacia él. El uno iba a caballo, el otro a pie. Todavía no habían emprendido el ascenso de la abrupta ladera que conducía a la escuela, construida en el flanco de una colina. Avanzaban trabajosamente, progresando con lentitud en la nieve, entre las piedras, sobre la inmensa llanura del páramo desierto. De vez en cuando el caballo se encabritaba a ojos vistas. Aún no se le oía, pero se veía el chorro de vapor que le brotaba entonces de los ollares. Al menos uno de los hombres conocía la comarca. Seguían la pista que, sin embargo, había desaparecido desde hacía varios días bajo una capa blanca y sucia. El maestro calculó que no llegarían a la colina antes de media hora. Hacía frío; volvió a entrar en la escuela para buscar un guardapolvos.

Cruzó el aula vacía y helada. En la pizarra los cuatro ríos de Francia, dibujados con cuatro barras de tiza de colores diferentes, bajaban hacia sus estuarios desde hacía tres días. La nieve había empezado a caer brutalmente a mediados de octubre, después de ocho meses de sequía, sin que hubiera habido una transición lluviosa, y la veintena de escolares que vivían en los pueblos diseminados por el páramo ya no venían a clase. Había que esperar al buen tiempo. Daru solo calentaba la habitación única que constituía su alojamiento, junto al aula de clase, abierta también hacia el páramo, al este. También, como en las aulas, una ventana daba además al mediodía. Por aquella parte, la escuela se hallaba a unos kilómetros del lugar donde la meseta comenzaba a inclinarse hacia el sur. En tiempo claro podían distinguirse las masas violetas de los contrafuertes montañosos donde se abrían las puertas del desierto.

Después de entrar algo en calor, Daru volvió a la ventana desde donde había descubierto por primera vez a los dos hombres. Ya no se les podía ver. Por lo tanto habían empezado a subir la loma. El cielo estaba menos oscuro: la nieve había dejado de caer por la noche. Había amanecido con una luz sucia que apenas se había ido haciendo más intensa a medida que se levantaba el techo de nubes. A las dos de la tarde se habría dicho que la mañana apenas comenzaba. Pero más valía eso que los tres días en que la nieve había estado cayendo en medio de unas tinieblas incesantes, con pequeños saltos de viento que sacudían la puerta de doble batiente del aula. Daru había aguardado entonces pacientemente durante largas horas en su habitación, de la que no había salido salvo para ir al cobertizo a ocuparse de las gallinas y coger carbón. Afortunadamente, la camioneta de Tadjid, el pueblo más cercano, al norte, había traído las provisiones dos días antes de la borrasca. Volvería dentro de cuarenta y ocho horas.

Tenía, por otro lado, con qué resistir un asedio, con aquellos sacos de trigo que la administración le había dejado como reserva para distribuir a los escolares cuyas familias habían sido víctimas de la sequía y que abarrotaban su pequeña habitación. En realidad, la desgracia los alcanzaba a todos porque todos eran pobres. Daru había distribuido a los más pequeños una ración cada día. Bien sabía que durante aquellos días les habría faltado. Quizá viniera aquella tarde alguno de los padres o algún hermano mayor y podría aprovisionarle de grano. Había que cubrir el paréntesis hasta la próxima cosecha, sencillamente. Ahora llegaban barcos con cereal de Francia, lo más duro ya había pasado. Pero sería difícil olvidar aquella miseria, aquel ejército de fantasmas harapientos errantes bajo el sol, los páramos calcinados un mes tras otro, la tierra resquebrajándose poco a poco, literalmente torrefactada, cada piedra deshaciéndose en polvo bajo los pies. Entonces las ovejas habían muerto a millares, y también algunos hombres, aquí y allá, sin que pudiera saberse a ciencia cierta.

Ante aquella miseria, él, que vivía casi como un monje en aquella escuela perdida, contento por otro lado con lo poco que tenía y con aquella vida ruda, se había sentido como un señor, entre sus paredes enfoscadas, con su estrecho diván, sus estanterías de madera sin barnizar, su pozo y su abastecimiento semanal de agua y alimentos. Y, de repente, toda aquella nieve, sin advertencia previa, sin el relajamiento de la lluvia. Así era la tierra, cruel con la vida, incluso sin hombres, los cuales, además, no solucionaban nada. Pero Daru había nacido allí. En cualquier otra parte se sentía exiliado.

Salió al exterior y avanzó hacia la explanada, delante de la escuela. Los dos hombres se hallaban ya a media ladera. Distinguió al hombre de a caballo, Balducci, el viejo gendarme al que conocía desde hacía mucho tiempo. Balducci traía a un árabe a pie detrás de él, con las manos atadas al cabo de una cuerda y la frente baja. El gendarme hizo un gesto de saludo al que Daru no respondió, absorto mientras contemplaba al árabe vestido con una chilaba que en otro tiempo había sido azul, con los pies calzados con sandalias pero con gruesos calcetines de lana cruda, con la cabeza cubierta con un fez

estrecho y corto. Se fueron acercando. Balducci llevaba su ca-
balgadura al paso para no forzar al árabe y el grupo avanzaba
lentamente.

Allí cerca Balducci gritó: «¡Una hora para hacer los tres
kilómetros desde El Ameur hasta aquí!». Daru no respondió.
Corto y cuadrado en su espeso guardapolvos, vio cómo iban
subiendo. El árabe no había levantado la cabeza ni una sola vez.
«Bienvenidos —dijo Daru cuando hubieron llegado a la explanada—. Entrad a calentaros». Balducci se apeó trabajosamente del caballo sin soltar la cuerda. Sonrió al maestro de escuela
con sus bigotes enhiestos. Sus pequeños ojos oscuros, muy
hundidos bajo la frente curtida, y su boca rodeada de arrugas
le daban un aspecto atento y aplicado. Daru tomó al caballo
por la brida, lo condujo al cobertizo y regresó a la escuela
donde los dos hombres le estaban esperando. Les hizo pasar
a la habitación. «Voy a calentar el aula —dijo—. Estaremos más
a gusto». Cuando volvió a la habitación, Balducci se había
tumbado en el diván. Había desanudado la cuerda que lo mantenía atado al árabe y este se había acuclillado cerca de la
estufa. Con las manos todavía amarradas y el fez en el cogote,
miraba a través de la ventana. Al principio Daru solo vio sus
enormes labios, lisos, abultados, casi negroides; la nariz sin
embargo era recta, los ojos oscuros, enfebrecidos. El fez dejaba al descubierto una frente obstinada y, bajo la piel requema-
da aunque algo descolorida por el frío, toda su cara tenía un
aire a la vez inquieto y rebelde que sorprendió a Daru cuando
el árabe, volviendo el rostro hacia él, le clavó los ojos. «Pasad
al lado —dijo el maestro—, voy a preparar té con menta».
«Gracias —dijo Balducci—. ¡Vaya faena! ¡A ver si me jubilo
de una vez!». Y dirigiéndose al árabe prisionero: «Tú, ven».
El árabe se levantó y, lentamente, manteniendo las muñecas
por delante, entró en la escuela.

Daru trajo una silla con el té. Pero Balducci ya se había instalado en el primer pupitre y el árabe se había acuclillado contra el estrado del maestro, frente a la estufa, que se encontraba entre la mesa y la ventana. Cuando ofreció el vaso al prisionero, Daru dudó ante sus manos atadas. «A lo mejor se le podría desatar». «Claro que sí —dijo Balducci—. Era solo para el viaje». Hizo ademán de levantarse. Pero Daru, dejando el vaso en el suelo, se había arrodillado junto al árabe. Este, sin decir nada, lo dejó hacer mirándole con sus ojos enfebrecidos. Cuando tuvo las manos libres se frotó una contra otra las muñecas hinchadas, tomó el vaso de té y bebió el líquido ardiente a pequeños sorbos rápidos.

—Bien —dijo Daru—. ¿Dónde vais así?

Balducci sacó sus bigotes del té.

—Aquí, hijo mío.

—Vaya alumnos. ¿Vais a dormir aquí?

—No. Yo me vuelvo a El Ameur. Y tú vas a entregar aquí al compañero a Tinguit. Le esperan en la comuna mixta.

Balducci miró a Daru con una leve sonrisa amistosa.

—Qué me estás contando —dijo el maestro—. ¿Me estás tomando el pelo?

—No, hijo mío, no. Son órdenes.

—¿Órdenes? Yo no puedo... —Daru titubeó; no quería molestar al viejo corso—. Pero, bueno, ese no es mi oficio...

—¡Eh! ¿Qué me quieres decir con eso? En la guerra se hacen todos los oficios.

—Entonces esperaré la declaración de guerra.

Balducci aprobó con la cabeza.

—Bueno. Pues aquí están las órdenes y te conciernen a ti también. Parece que va a haber jaleo. Se habla de que se prepara una revuelta. En cierto modo estamos movilizados.

Daru seguía con su aire obstinado.

—Escúchame, hijo —dijo Balducci—. Yo te aprecio, y tienes que comprenderme. En todo El Ameur somos una docena para patrullar por un territorio de la extensión de un pequeño departamento y yo tengo que regresar. Me han dicho que te entregue a este pájaro y que regrese sin tardanza. En su pueblo empiezan a moverse, querían liberarlo. Tienes que llevarlo a Tinguit mañana. No me digas que a un hombre fuerte como tú le dan miedo esos veinte kilómetros. Después, se acabó. Te vuelves con tus alumnos a la buena vida.

Se oía al caballo agitarse y patear con el casco detrás de la pared. Daru miraba por la ventana. Era evidente que el tiempo empezaba a aclarar, la luz se iba extendiendo sobre el páramo nevado. Cuando toda la nieve se hubiera fundido, el sol reinaría de nuevo y abrasaría una vez más los campos de piedra. Y otra vez, durante días enteros, el cielo volcaría su luz seca sobre la llanura solitaria donde no había nada que recordara la presencia del hombre.

—En fin —dijo volviéndose hacia Balducci—. ¿Qué es lo que ha hecho? —Y antes de que el gendarme abriera la boca preguntó—: ¿Habla francés?

—Ni una palabra. Se lo buscaba desde hacía un mes, pero lo estaban ocultando. Mató a su primo.

—¿Está contra nosotros?

—No lo creo. Pero nunca se sabe.

—¿Por qué lo ha matado?

—Creo que por asuntos de familia. Al parecer el uno le debía grano al otro. No está claro. En fin, resumiendo, mató a su primo de un tajo de hoz. Ya sabes, como a un cordero, ras...

Balducci hizo el gesto de pasar una cuchilla por la garganta y atrajo la atención del árabe que lo miró con una especie de inquietud. De repente a Daru le invadió una súbita cólera contra aquel hombre, contra todos los hombres y su sucia maldad, sus odios incansables, sus sangrientas locuras.

Pero la tetera empezaba a silbar sobre la estufa. Volvió a servir té a Balducci, dudó un instante y sirvió de nuevo al árabe, que bebió con avidez de nuevo. Al levantar los brazos se entreabría su chilaba y el maestro pudo ver su pecho flaco y musculoso.

—Gracias, hijo —dijo Balducci—. Y ahora me largo.

Se levantó y se dirigió hacia el árabe sacando un cordel de su bolsillo.

—¿Qué haces? —preguntó secamente Daru.

Balducci, sorprendido, le mostró la cuerda.

—No es necesario.

El viejo gendarme titubeó.

—Como quieras. Me imagino que estás armado.

—Tengo mi escopeta de caza.

—¿Dónde?

—En el baúl.

—Deberías tenerla cerca de la cama.

—¿Por qué? No tengo nada que temer.

—Estás loco, hijo. Si se rebelan, nadie estará a salvo, estamos todos en el mismo saco.

—Me defenderé. Tengo tiempo de verlos llegar.

Balducci se echó a reír y luego de repente los bigotes volvieron a cubrir sus dientes todavía blancos.

—¿Que tienes tiempo? Bueno. Lo que yo digo. Siempre has estado algo majara. Y por eso te aprecio, porque mi hijo era también así.

Al mismo tiempo sacó el revólver y lo dejó sobre el escritorio.

—Guárdalo. No necesito dos armas para ir hasta El Ameur.

El revólver brillaba sobre la pintura negra de la mesa.

Cuando el gendarme se volvió hacia él, el maestro sintió su olor a cuero y a caballo.

—Escucha, Balducci —dijo Daru de repente—. Todo esto me asquea, y lo que más me asquea de todo es el tipo este. Pero no iré a entregarle. Si es necesario combatiré. Pero esto no.

El viejo gendarme se mantenía frente a él y lo miraba con aire severo.

—Estás haciendo tonterías —dijo lentamente—. A mí tampoco me gusta esto. A pesar de los años nunca se acostumbra uno a pasarle una cuerda a un hombre, incluso da vergüenza, sí. Pero no se les puede dejar hacer lo que quieran.

—No iré a entregarlo —repitió Daru.

—Es una orden, hijo. Te lo repito.

—Eso es. Repíteles lo que te he dicho: no lo entregaré.

Balducci hizo un visible esfuerzo de reflexión. Miró al árabe y a Daru. Al fin se decidió:

—No. No les diré nada. Si no quieres cooperar, haz lo que quieras, no te denunciaré. Tengo órdenes de entregar al prisionero y eso es lo que hago. Y ahora me vas a firmar un papel.

—Es inútil. No voy a negar que me lo has entregado.

—No te portes mal conmigo. Ya sé que dirás la verdad. Eres de aquí, eres un hombre. Pero tienes que firmar, son las normas.

Daru abrió su cajón, sacó un pequeño frasco de tinta violeta, el palillero de madera roja con el plumín estilo sargento que utilizaba para trazar los modelos de caligrafía y firmó. El gendarme dobló cuidadosamente el papel y lo guardó en su portafolios. Después se dirigió hacia la puerta.

—Te acompaño —dijo Daru.

—No —dijo Balducci—. No es necesaria tanta cortesía. Me has insultado.

Miró al árabe, inmóvil en el mismo lugar, suspiró con aire

pesaroso y se volvió hacia la puerta: «Adiós, hijo», dijo. La puerta batió tras él. Balducci surgió del otro lado de la ventana y desapareció. Sus pasos se ahogaron en la nieve. El caballo se agitó detrás de la pared y las gallinas se alborotaron. Un instante después, Balducci pasó de nuevo delante de la ventana llevando al caballo por la brida. Fue avanzando hacia el terraplén sin volverse, desapareció primero y el caballo lo siguió. Una piedra gruesa rodó blandamente. Daru se volvió hacia el prisionero, que no se había movido, pero que no apartaba la mirada de él. «Espera», dijo el maestro en árabe, y se dirigió hacia la habitación. En el momento de cruzar el umbral tuvo un reflejo, fue hacia el escritorio, cogió el revólver y se lo metió en el bolsillo. Después, sin volverse, entró en su habitación.

Permaneció tumbado largo rato en el diván, viendo cómo el cielo se iba cerrando poco a poco, escuchando el silencio. Lo que más penoso le había parecido a su llegada, después de la guerra, había sido aquel silencio. Había solicitado un puesto en aquella pequeña ciudad al pie de los contrafuertes que separan el desierto de los altos páramos. Allí, unas murallas rocosas, verdes y negras hacia el norte, rosadas o malvas al sur, marcaban la frontera del eterno verano. Lo habían destinado en un puesto más al norte, en los mismos páramos. Al principio, la soledad y el silencio en aquellas tierras ingratas que únicamente habitaban las piedras le habían resultado duros. A veces, algunos surcos hacían pensar en cultivos, pero habían sido cavados para extraer cierta piedra adecuada para la construcción. Allí solamente se labraba la tierra para cosechar guijarros. Otras veces se arrancaban algunos puñados de tierra, acumulada en las hondonadas, para nutrir los escuálidos huertos de las aldeas. Así era, las tres cuartas partes de la comarca estaban cubiertas de guijarros. Allí las ciudades nacían, brillaban y desaparecían; los hombres pasaban, se amaban o se lanzaban dentelladas a la garganta, y después morían. En aquel desierto nadie era nada, ni él ni su huésped. Y, sin embargo, Daru sabía que ni el uno ni el otro podrían haber vivido de verdad fuera de aquel desierto.

Cuando se levantó no llegaba ningún ruido procedente del aula. Se alegró del franco júbilo que le invadió al pensar que el árabe pudiera haber huido, y que iba a encontrarse solo, sin tener que decidir nada. Pero el prisionero estaba allí. Únicamente se había acostado todo a lo largo entre la estufa y el escritorio. Miraba el techo con los ojos abiertos. En aquella postura se veían sobre todo sus labios abultados que le daban un aspecto burlón. «Ven», dijo Daru. El árabe se levantó y lo siguió. El maestro le señaló una silla cerca de la mesa, bajo la ventana de la habitación. El árabe se acomodó sin dejar de mirar a Daru.

—¿Tienes hambre?

—Sí —dijo el prisionero.

Daru instaló dos cubiertos. Tomó harina y aceite, amasó una torta en una fuente y encendió el hornillo de butano. Mientras la torta se cocía, salió para volver con queso, huevos, dátiles y leche condensada que había cogido del cobertizo. Cuando la torta terminó de cocerse, la puso a enfriar en el pretil de la ventana, calentó la leche condensada disuelta en agua y para terminar batió una tortilla con los huevos. En uno de sus movimientos se topó con el revólver que tenía hundido en el bolsillo derecho. Dejó el tazón, entró en el aula y guardó el revólver en el cajón del escritorio. Cuando regresó a la habitación, la noche estaba cayendo. Encendió la luz y sirvió al árabe. «Come», dijo. El otro tomó un pedazo de torta, se lo llevó rápidamente a la boca y se detuvo.

—¿Y tú? —dijo.

—Después de ti. Yo también comeré.

Los abultados labios se abrieron un poco. El árabe titubeó y luego mordió resueltamente la torta. Cuando terminaron de comer, el árabe miró al maestro.

—¿Eres tú el juez?

—No, yo te guardo hasta mañana.

—¿Por qué comes conmigo?

—Tengo hambre.

El otro se calló. Daru se levantó y salió. Regresó del cobertizo con un catre de campaña, lo extendió entre la mesa y la estufa, perpendicular a su propio lecho. De una maleta grande que servía, de pie en un rincón, de estantería para los archivos, sacó dos mantas y las dispuso sobre el catre. Después se detuvo, se sintió inactivo y se sentó en su cama. Ya no había más que hacer ni que preparar. Había que mirar a aquel hombre. Así que lo miró, intentando imaginarse aquel rostro arrebatado por el furor. No lo conseguía. Únicamente veía su mirada, a la vez sombría y brillante, y su boca de animal.

—¿Por qué lo mataste? —preguntó con una voz cuya hostilidad le sorprendió.

El árabe apartó la mirada.

—Se escapó. Eché a correr detrás de él.

Alzó los ojos hacia Daru. Estaban llenos de una especie de interrogación infeliz.

—¿Qué me van a hacer ahora?

—¿Tienes miedo?

El otro se irguió apartando los ojos.

—¿Lo lamentas?

El árabe, con la boca abierta, no lo miró. Aparentemente no comprendía nada. La irritación se iba apoderando de Daru. Al mismo tiempo se sentía torpe y crispado dentro de su corpachón, atrapado entre las dos camas.

—Túmbate ahí —dijo con impaciencia—. Es tu cama.

El árabe no se movió. Se dirigió a Daru:

—¡Oye!

El maestro lo miró.

—¿Vuelve mañana el gendarme?

—No lo sé.

—¿Vienes con nosotros?

—No lo sé. ¿Por qué?

El prisionero se levantó y se tumbó sobre las mismas mantas, con los pies hacia la ventana. La luz de la bombilla eléctrica le caía justo en los ojos y los cerró al momento.

—¿Por qué? —repitió Daru, de pie delante del catre.

El árabe abrió los ojos bajo la luz cegadora y lo miró esforzándose por no pestañear.

—Ven con nosotros —dijo.

Más tarde, en medio de la noche, Daru seguía sin poder dormir. Se había metido en la cama después de desnudarse del todo: normalmente se acostaba desnudo. Pero cuando se encontró sin ropa en medio de la habitación dudó unos instantes. Se sintió vulnerable y tuvo la tentación de volver a vestirse. Después se encogió de hombros; se había visto en otras y si era necesario haría pedazos al adversario. Podía observarlo desde su cama, tumbado de espaldas, aún inmóvil y con los ojos cerrados bajo la luz violenta. Cuando Daru apagó la luz, las tinieblas parecieron congelarse de golpe. Poco a poco la noche resucitó en la ventana, donde el cielo sin estrellas se agitaba blandamente. El maestro distinguió pronto el cuerpo tumbado delante de él. El árabe seguía sin moverse, pero sus ojos parecían abiertos. Un viento tenue rondaba alrededor de la escuela. Quizá despejaría las nubes y volvería el sol.

El viento aumentó durante la noche. Las gallinas se removieron un poco, luego callaron. El árabe se volvió de lado presentando la espalda a Daru, y este creyó oírlo gemir. Después estuvo al acecho de su respiración, más fuerte y regular. Escuchaba aquel aliento cercano y soñaba sin poder dormirse. En la habitación, donde hacía un año que dormía solo, aquella presencia le molestaba. Pero le molestaba también porque le imponía una especie de fraternidad que en las circunstancias presentes rechazaba, y que conocía bien: los hombres que comparten la misma habitación, soldados o prisioneros, quedan unidos por un extraño lazo, como si se despojaran de sus armaduras al mismo tiempo que de sus vestidos, y como si cada noche se juntaran, por encima de sus diferencias, en la antigua comunidad del sueño y la fatiga. Pero Daru despejó esos pensamientos, no le gustaban esas tonterías; tenía que dormir.

Sin embargo, algo más tarde, cuando el árabe se agitó imperceptiblemente, el maestro seguía sin poder dormir. Al segundo movimiento del prisionero, se puso tenso, alerta. El árabe se incorporó lentamente sobre un brazo, con un movimiento casi de sonámbulo. Sentado sobre la cama, esperó, inmóvil, sin volver la cabeza hacia Daru, como si estuviera escuchando con la mayor atención. Daru no se movió: acababa de recordar que el revólver se había quedado en el cajón del escritorio. Más valía actuar enseguida. Sin embargo, continuó observando al prisionero, que, con el mismo movimiento sin roces, había plantado los pies en el suelo y, después de esperar un rato, comenzaba a levantarse lentamente. Daru iba a llamarlo cuando el árabe empezó a andar, esta vez con un paso natural, pero extraordinariamente silencioso. Se dirigía hacia la puerta del fondo, que daba al cobertizo. Hizo girar el picaporte con precaución y salió tirando de la puerta tras de él, sin llegar a cerrarla. Daru no se movió. Únicamente pensó: «Se escapa. Un problema menos». Sin embargo, aguzó el oído. Las gallinas no se movían: por lo tanto el otro estaba en el campo. De pronto le llegó un débil ruido de agua y no entendió de qué se trataba hasta que el árabe apareció otra vez en el marco de la puerta, volvió a cerrarla con cuidado y se acostó de nuevo sin un ruido. Daru entonces le volvió la espalda y se durmió. Más tarde aún le pareció oír desde el fondo del sueño unos pasos furtivos alrededor de la escuela. «Estoy soñando, estoy soñando», repitió. Y dormía.

Cuando se despertó el cielo se había despejado; por entre las juntas de la ventana entraba un aire frío y puro. El árabe dormía, acurrucado ahora bajo las mantas, totalmente entregado al sueño. Pero, cuando Daru lo sacudió, tuvo un sobresalto terrible, mirando a Daru sin reconocerle, con ojos dementes, y una expresión tan aterrorizada que el maestro retrocedió un paso. «No tengas miedo. Soy yo. Hay que comer». El árabe sacudió la cabeza y dijo sí. La calma volvió a su rostro, pero su expresión seguía ausente y distraída.

El café estuvo listo. Lo bebieron sentados ambos en el catre de campaña, mordisqueando un pedazo de torta. Después, Daru acompañó al árabe al cobertizo y le mostró el grifo donde él se aseaba. Regresó a la habitación, recogió las mantas y el catre, hizo su propia cama y puso orden en el cuarto. Entonces salió a la explanada pasando por la escuela. El sol se alzaba ya en el cielo azul; una luz tierna y viva inundaba el páramo desierto. La nieve se fundía en algunos lugares de la ladera. De nuevo iban a aparecer las piedras. En cuclillas, al borde del terraplén, el maestro contempló la extensión desierta. Pensó en Balducci. Lo había ofendido, lo había despedido de manera desagradable, como si no quisiera que lo metieran en el mismo saco que él. Volvió a oír la despedida del gendarme y, sin saber por qué, se sintió extrañamente vacío y vulnerable. En aquel momento, del otro lado de la escuela, el prisionero tosió. Daru le escuchó, casi a pesar suyo; después, furioso, tiró una piedra que silbó en el aire antes de hundirse en la nieve. El crimen estúpido de aquel hombre le sublevaba, pero entregarle era contrario al honor: solo pensarlo lo volvía loco de humillación. Y maldecía a la vez a los suyos, que le enviaban a aquel árabe, y también lo maldecía a él, que se había atrevido a matar sin haber sabido huir. Daru se levantó, dio vueltas en círculo en el terraplén, después esperó, inmóvil, y finalmente volvió a entrar en la escuela.

Inclinado sobre el suelo de cemento del cobertizo, el árabe se lavaba los dientes con dos dedos. Daru lo miró y después dijo: «Ven». Regresó a la habitación precediendo al prisionero. Se puso un chaquetón de caza por encima de su guardapolvos y se calzó unos zapatos de monte. Esperó fuera, de pie, a que el árabe se pusiera su fez y sus sandalias. Pasaron a la escuela y el maestro señaló la salida a su compañero: «Ve andando», dijo. El otro no se movió. «Te sigo», dijo Daru. El árabe salió. Daru volvió a la habitación para hacer un paquete con galletas, dátiles y azúcar. Antes de salir titubeó unos segundos en el aula, delante de su escritorio, después cruzó el umbral de la escuela y cerró la puerta. «Es por allí», dijo. Tomó la dirección del este, seguido del prisionero. Pero, a poca distancia de la escuela, le pareció oír un leve ruido detrás de él. Volvió sobre sus pasos para inspeccionar los alrededores de la casa: no había nadie. El árabe lo veía actuar sin comprender aparentemente nada. «Vamos», dijo Daru.

Anduvieron durante una hora y descansaron cerca de una especie de pitón calizo. La nieve iba fundiéndose cada vez más deprisa, el sol se bebía los charcos al instante, limpiaba a toda velocidad el páramo que, poco a poco, se secaba y vibraba como el mismo aire. Cuando prosiguieron su ruta, el suelo resonaba bajo sus pasos. De vez en cuando un ave rasgaba el espacio delante de ellos con un grito alegre. Daru bebía la luz fresca con profundas inhalaciones. Una suerte de exaltación nacía en él delante de aquel gran espacio familiar, ahora casi enteramente amarillo, bajo la cúpula de cielo azul. Anduvieron todavía una hora más, bajando hacia el sur. Llegaron a una especie de prominencia chata, hecha de rocas friables. A partir de allí, en dirección este, el páramo se inclinaba hacia una llanura baja donde podían distinguirse algunos árboles esqueléticos y, en dirección sur, hacia un caos rocoso que daba un aspecto atormentado al paisaje.

Daru inspeccionó las dos direcciones. Solo el cielo cerraba el horizonte donde no asomaba ni un ser viviente. Se volvió hacia el árabe, que lo miraba sin comprender. Daru le ofreció un paquete: «Toma —dijo—. Son dátiles, pan y azúcar. Podrás aguantar un par de días. Toma mil francos también». El árabe cogió el paquete y el dinero, pero conservando sus manos llenas a la altura del pecho, como si no supiera qué hacer con lo que le daban. «Ahora mira —dijo el maestro mostrándole la dirección del este—, esa es la ruta de Tinguit. Hay dos horas de camino. En Tinguit está la administración y la policía. Te esperan». El árabe miró hacia el este, manteniendo contra su cuerpo el paquete y el dinero. Daru lo tomó del brazo y lo obligó a girar bruscamente un cuarto hacia el sur. Al pie de la ladera en la que se encontraban se adivinaba un camino apenas dibujado. «Esa es la pista que cruza los páramos. A un día de marcha de aquí encontrarás pastizales y los primeros nómadas. Te acogerán y te darán cobijo, según su ley». El árabe se había vuelto hacia Daru y una especie de pánico asomó a su rostro: «Escúchame», dijo. Daru sacudió la cabeza: «No, cállate. Ahora te dejo». Le volvió la espalda y se alejó dos largos pasos en dirección a la escuela, luego miró con aire indeciso al árabe inmóvil y se marchó. Durante algunos minutos solo escuchó sus propios pasos sonoros sobre la tierra fría y no volvió la cabeza. Sin embargo, al cabo de un momento se dio la vuelta. El árabe seguía allí, en lo alto de la colina, ahora con los brazos a lo largo del cuerpo, mirando al maestro. Daru sintió que se le hacía un nudo en la garganta. Lanzó un juramento de impaciencia, hizo un gran ademán con las manos y se alejó. Ya estaba lejos cuando de nuevo se detuvo a mirar. En la colina no había nadie.

Daru titubeó. Ahora el sol estaba ya bastante alto en el cielo y comenzaba a morderle la frente. Volvió sobre sus pasos, al principio algo incierto, después con mayor decisión. Cuando llegó a la pequeña colina chorreaba de sudor. La subió a toda prisa y se detuvo sin aliento en la cumbre. Al sur, los campos de roca se dibujaban con nitidez contra el cielo azul, pero en la llanura, al este, empezaba a levantarse un vaho de calor. Y en aquella bruma ligera, con el corazón acongojado, Daru descubrió al árabe andando lentamente camino de la prisión.

Algo más tarde, de pie frente a la ventana del aula, el maestro contemplaba sin verla la luz tierna que saltaba desde las alturas del cielo sobre toda la superficie de la llanura. Detrás de él, en la pizarra, entre los meandros de los ríos franceses, trazada con tiza por una mano poco hábil, se veía la inscripción que acababa de leer: «Has entregado a nuestro hermano. Lo pagarás». Daru contemplaba el cielo, la llanura y, más allá, las tierras invisibles que se extendían hasta el mar. En aquella vasta región que tanto había amado se encontraba solo.

Jonas o el artista trabajando

Echadme al mar... Bien sé que soy el culpable
de que os haya sobrevenido esta tormenta.

JONÁS, I, 12

Jonas Gilbert, pintor artístico, creía en su buena estrella. Además, solo creía en ella, aunque sintiera respeto e incluso una especie de admiración por la religión de los demás. Su propia fe, sin embargo, no carecía de virtudes, ya que consistía en admitir de forma oscura que acabaría por obtener mucho sin jamás merecer nada. Así pues, cuando andaba por los treinta y cinco años, un puñado de críticos se disputaron de repente la gloria de haber descubierto su talento, no se mostró en absoluto sorprendido. Pero su serenidad, que algunos atribuían a su suficiencia, se explicaba muy bien, al contrario, por una modestia confiada. Jonas hacía justicia a su estrella más que a sus méritos.

Algo más asombrado se mostró cuando un marchante de cuadros le propuso abonarle una mensualidad que le mantendría al abrigo de cualquier preocupación. El arquitecto Rateau, que desde los tiempos del instituto apreciaba a Jonas y a su buena estrella, le expuso en vano que aquella mensualidad apenas le proporcionaría una vida decente y que el marchante no perdía nada con ello. «Aun así», dijo Jonas. Rateau, que lograba el éxito en todo lo que emprendía gracias a su tesón, regañaba a su amigo. «Pero bueno, hay que discutir». Nada consiguió con ello. En su fuero interno Jonas daba gracias a su buena estrella. «Como usted quiera», respondió al marchante. Y dejó el puesto que ocupaba en la casa editorial paterna para consagrarse enteramente a la pintura. «Esto sí que es tener suerte», decía.

En realidad pensaba: «Mi suerte aún no ha terminado». Tan lejos como podía remontar en su memoria encontraba la misma influencia de la suerte manos a la obra. Alimentaba también el más tierno agradecimiento hacia sus padres, primero porque le habían criado distraídamente, lo que le había proporcionado todo el tiempo necesario para el ensueño, y además porque se habían separado por motivos de adulterio. Al menos aquel había sido el pretexto invocado por su padre, olvidando precisar que se había tratado de una especie de adulterio bastante particular: no podía soportar las obras de caridad de su mujer, una verdadera santa laica, que sin ver malicia en ello había hecho don de su persona a la humanidad doliente. Pero el marido pretendía disponer como único dueño de las virtudes de su mujer. «Ya estoy harto de que me engañe con los pobres», decía aquel Otelo.

Jonas sacó provecho de aquel malentendido. Sus padres, que habían leído o se habían enterado de que podían citarse varios casos de asesinos sádicos procedentes de padres divorciados, rivalizaron en agasajos para ahogar en ciernes cualquier germen de tan fastidiosa evolución. Según ellos, cuanto menos evidentes eran los efectos del choque sufrido por la conciencia del niño tantos más motivos había para preocuparse: los destrozos invisibles resultarían ser los más profundos. Por poco que Jonas se declarara satisfecho de sí mismo o de su jornada, la habitual inquietud de sus padres rayaba con la locura. Redoblaban sus atenciones y entonces al niño nada le quedaba por desear.

Su presunta desdicha le valió finalmente a Jonas un hermano fiel en la persona de su amigo Rateau. Los padres de este
último invitaban a menudo a su joven compañero de instituto
porque se compadecían de su infortunio. Sus discursos com-
pasivos inspiraron a su hijo, vigoroso deportista, a tomar bajo
su protección al muchacho cuyos despreocupados éxitos ya
admiraba. La admiración y la condescendencia hicieron buena
pareja en favor de una amistad que Jonas recibió, como todo
lo demás, con una alentadora sencillez.

Cuando Jonas terminó sus estudios sin esforzarse particularmente, tuvo además la suerte de entrar en la casa editorial de
su padre, encontrando allí una situación y, por vías indirec-
tas, su vocación de pintor. En tanto que primer editor de Francia, el padre de Jonas mantenía la opinión de que, más que
nunca, y por razón misma de la crisis de la cultura, el futuro
estaba en el libro. «La historia demuestra que cuanto menos
se lee más libros se compran», decía. Partiendo de ahí, raras
veces leía los manuscritos que le proponían, y solo se decidía
a publicarlos basándose en la personalidad del autor o en la ac-
tualidad del tema (desde ese punto de vista, como el único tema
siempre actual era el sexo, el editor había terminado por espe-
cializarse), y solamente se ocupaba de hallar presentaciones
curiosas y publicidad gratuita. Por lo tanto Jonas recibió, al
mismo tiempo que la gestión del departamento de lecturas, una
amplia disponibilidad de tiempo libre que había que llenar. Así
fue como se encontró con la pintura.

Descubrió por primera vez en su fuero interno un ardor
imprevisto, pero incansable. Pronto consagró todas sus jornadas a la pintura y, siempre sin esfuerzo, consiguió excelentes
resultados en ese ejercicio. Fuera de ello, nada parecía intere-
sarle, y apenas logró casarse a una edad conveniente: la pintura lo devoraba por entero. Para los seres y las circunstancias

ordinarias de la vida, solo reservaba una sonrisa benevolente que concedía sin prestar demasiada atención. Fue necesario que se produjera un accidente en la motocicleta que Rateau conducía con demasiado vigor llevando a su amigo en la grupa para que Jonas, con la mano derecha inmovilizada entre vendajes, al fin se aburriera y se interesara por el amor. Una vez más se vio inclinado a considerar aquel grave accidente como un efecto añadido de su buena estrella. De no haber sido así, no habría dispuesto de tiempo suficiente para mirar a Louise Poulin como ella se lo merecía.

Por lo demás, según Rateau, Louise no merecía una mirada. Siendo pequeño y enjuto, solo le gustaban las mujeres altas. «No sé lo que le encuentras a esa hormiga», decía. En efecto, Louise era pequeña, morena de tez, de pelo y de ojos, pero bien hecha y de aspecto agradable. Alto y sólido, Jonas se enternecía con la hormiga, tanto más cuanto que era industriosa. La vocación de Louise era la actividad. Parecida vocación encajaba armoniosamente con la afición de Jonas por la inercia y sus ventajas. Louise se entregó en primer lugar a la literatura, al menos mientras creyó que a Jonas le interesaba la edición. Lo leía todo, sin orden, y en pocas semanas se convirtió en una persona capaz de hablar de todo. Jonas la admiró y estimó que con ello podía prescindir definitivamente de la lectura, puesto que Louise le informaba y le permitía conocer lo esencial de las revelaciones contemporáneas. «No hay que decir que fulano es malvado y feo, sino que quiere ser malvado y feo», afirmaba Louise. El matiz era de importancia y, como hizo observar Rateau, podía conducir como poco a la condenación del género humano. Pero Louise zanjó la cuestión demostrando que aquella verdad la sostenían simultáneamente la prensa del corazón y las revistas filosóficas, era universal y no podía ser discutida. «Como a vosotros os parezca», dijo Jonas, y olvidó al momento aquel cruel descubrimiento para seguir soñando en su buena estrella.

Louise abandonó la literatura en cuanto comprendió que a Jonas solo le interesaba la pintura. Al instante se entregó a las artes plásticas, recorriendo museos y exposiciones, arrastrando con ella a Jonas, que comprendía mal lo que pintaban sus contemporáneos, lo cual le molestaba en su sencillez de artista. Se alegraba, sin embargo, de saberse tan bien informado de todo cuanto concernía a su arte. Lo cierto es que al día siguiente olvidaba hasta el nombre del pintor cuyas obras acababa de contemplar. Pero Louise tenía razón cuando le recordaba perentoriamente una de las certezas que había conservado de su periodo literario, a saber, que en realidad nunca se olvida nada. Decididamente, la buena estrella seguía protegiendo a Jonas, que, de ese modo, podía acumular sin mala conciencia las certezas de la memoria y las comodidades del olvido.

Pero los tesoros de dedicación que Louise prodigaba brillaban con su mejor resplandor en la vida cotidiana de Jonas. Aquel ángel de bondad le evitaba tener que ir a comprar zapatos, trajes y ropa interior, dedicaciones que a cualquier hombre normal le abrevian los días de la vida, corta de por sí. Tomaba a su cargo, con resolución, los mil inventos de la máquina de matar el tiempo, desde los oscuros formularios de la seguridad social hasta las disposiciones, renovadas sin cesar, de la fiscalidad. «Bien —decía Rateau—, de acuerdo. Pero no puede ir al dentista en tu lugar». Cierto, no iba, pero telefoneaba y tomaba cita a la mejor hora; se ocupaba de cambiar el aceite al 4 CV, de las reservas de hotel para las vacaciones, del carbón para la calefacción doméstica; ella misma compraba los regalos que Jonas quería hacer, escogía y enviaba sus flores y aún tenía tiempo, algunas tardes, para pasar por su casa y preparar en su

ausencia la cama de modo que él no tuviera necesidad de abrir-
la aquella noche para acostarse.

Y, siguiendo el mismo impulso, ella misma entró en aquella cama, y después se encargó de tomar cita y conducir a Jonas
delante del juez, dos años antes de que al fin se reconociera su
talento, y organizó el viaje de bodas de tal modo que no quedara museo por visitar. No sin antes haber encontrado, en
plena crisis de la vivienda, un piso de tres habitaciones donde
se instalaron a su regreso. Después fabricó dos hijos, casi uno
detrás de otro, niño y niña, según un plan que consistía en ir
hasta tres, y que se cumplió poco después de que Jonas aban-
donara la editorial para consagrarse a la pintura.

Por otra parte, en cuanto hubo dado a luz, Louise se dedi-
có por entero a su primer hijo y luego a los siguientes. Todavía
intentaba ayudar a su marido, pero le faltaba tiempo. Sin duda
lamentaba no poder ocuparse adecuadamente de Jonas, pero
su carácter decidido le evitó andarse con lamentaciones. «Tanto peor —dijo—, zapatero a tus zapatos». Expresión, por otro
lado, que a Jonas le encantó, porque como todos los artistas de
su época deseaba que le consideraran un artesano. Por lo tanto,
el artesano fue algo menos atendido y tuvo que comprarse los
zapatos personalmente. Sin embargo, aparte de que eso entraba dentro de la naturaleza de las cosas, Jonas estuvo tentado
de congratularse por ello. Sin duda tenía que hacer un esfuerzo
para recorrer las tiendas, pero ese esfuerzo se veía recompen-
sado con una de esas horas de soledad que tanto valor da a la
felicidad de las parejas.

Sin embargo, el problema del espacio vital era prioritario
sobre los demás problemas del matrimonio, porque el tiempo y
el espacio se encogían a su alrededor siguiendo el mismo ritmo.
La llegada de los niños, la nueva profesión de Jonas, lo estrecho
de su instalación y lo modesto de su mensualidad, que hacía

prohibitiva la compra de un piso más grande, todo ello junto apenas dejaba un campo restringido a la doble actividad de Louise y de Jonas. El piso se encontraba en la primera planta de un antiguo hotel del siglo XVIII, en el barrio viejo de la capital. En aquel distrito vivían muchos artistas, fieles al principio de que, en materia de arte, la búsqueda de lo nuevo debe hacerse en el marco de lo antiguo. Jonas, que compartía esa convicción, se alegraba de vivir en aquel barrio.

En todo caso, el apartamento era antiguo. Pero algunos arreglos muy modernos le habían conferido un aire original que consistía principalmente en que ofrecía a sus habitantes un gran volumen de espacio ocupando solamente una superficie reducida. Las habitaciones, altas de techos y adornadas de soberbias ventanas, debieron de haber sido destinadas en otro tiempo a fastuosas recepciones, a juzgar por sus majestuosas proporciones. Pero las necesidades del hacinamiento urbano y de la renta inmobiliaria habían obligado a los sucesivos propietarios a dividir con tabiques aquellas salas demasiado vastas, y multiplicar con ese sistema los habitáculos que alquilaban a precio de oro a su rebaño de inquilinos. No por eso dejaban de señalar «la importancia de los metros cúbicos de espacio». No se podía negar aquella ventaja. Había que atribuirla únicamente a la imposibilidad de los propietarios de tabicar también las habitaciones en altura. De no ser así, no habrían dudado en hacer los sacrificios necesarios para ofrecer algunos refugios más a la nueva generación, particularmente casamentera y prolífica en aquella época. Por otro lado, los metros cúbicos de espacio no solo ofrecían ventajas. También tenían un inconveniente: era difícil caldear las habitaciones en invierno, lo que por desgracia obligaba a los propietarios a incrementar los gastos de calefacción. En verano, el piso era literalmente violado por la luz a causa de la amplia superficie encristalada: carecía de persianas. Los propietarios habían olvidado instalarlas, desanimados sin duda por la altura de las ventanas y el precio de la ebanistería. Además, unas cortinas espesas podían jugar el mismo papel y no planteaban ningún problema en cuanto al costo, ya que corrían por cuenta de los inquilinos. Por otra parte, los propietarios no se negaban a que hubiera cortinas, incluso las ofrecían a precios fuera de toda competencia, procedentes de su propio comercio. En efecto, la filantropía inmobiliaria era su pasión. En la vida corriente aquellos príncipes de nuevo cuño vendían percales y terciopelos.

Jonas se extasió ante las ventajas del piso y admitió sin problemas los inconvenientes. «Como usted quiera», dijo al propietario en lo referente a los gastos de calefacción. Y, en lo referente a las cortinas, era de la opinión de Louise, a quien bastaba con ponerlas únicamente en el dormitorio dejando las demás ventanas desnudas. «No tenemos nada que ocultar», decía aquel corazón puro. A Jonas le había seducido particularmente la habitación de mayores dimensiones, cuyo techo era tan alto que quedaba fuera de toda posibilidad instalar un sistema de iluminación. Se entraba directamente en aquella habitación, y un estrecho corredor la unía con las otras dos, más pequeñas, colocadas una detrás de otra. Al otro extremo del piso estaba la cocina, contigua a los servicios y a un reducto al que se había otorgado el nombre de sala de ducha. En efecto, se le podía considerar tal a condición de instalar un aparato, colocarlo en sentido vertical y esperar el bienaventurado chorro en una inmovilidad absoluta.

La altura verdaderamente extraordinaria de los techos y lo exiguo de las habitaciones convertían aquel piso en un extraño conjunto de paralelepípedos casi enteramente encristalados, llenos de puertas y ventanas, donde no había modo de colocar los muebles, y las personas, perdidas en la luz blanca y violenta, parecían flotar como muñecos sumergibles en un acuario vertical. Además, todas las ventanas daban al patio, es decir, a corta distancia de otras ventanas del mismo estilo, detrás de las cuales se podía ver casi de golpe el alto perfil de otras ventanas similares dando sobre un segundo patio. «Parece el laberinto de los espejos», decía Jonas, encantado. Habían decidido instalar el lecho conyugal en una de las habitaciones pequeñas, siguiendo el consejo de Rateau, reservando la otra para el niño que ya se anunciaba. La habitación grande servía de estudio a Jonas durante el día, y de sala común por la noche y a la hora de las comidas. Además, en caso de necesidad, se podía comer en la cocina, siempre que Jonas, o Louise, se quedaran de pie. Rateau, por su parte, había añadido ingeniosas instalaciones. A fuerza de puertas deslizantes, tableros de quitar y poner y mesas plegables, había logrado compensar la escasez de muebles acentuando el aspecto de caja de sorpresas de aquel piso tan original.

Pero, cuando las habitaciones estuvieron llenas de cuadros y de niños, hubo que pensar sin tardanza en una nueva instalación. En efecto, antes del nacimiento del tercer niño Jonas trabajaba en la habitación grande. Louise hacía punto en la habitación conyugal, mientras que los dos niños ocupaban la última habitación, alborotaban allí y se movían también como podían por todo el piso. Entonces decidieron instalar al recién nacido en un rincón del estudio que Jonas separó juntando telas suyas hasta formar una especie de biombo, lo que tenía la ventaja de que se podía oír al niño y responder a sus llamadas. Además, Jonas no tenía necesidad de preocuparse por ello, porque Louise le avisaba. No esperaba a que el niño gritara para entrar en el estudio, pero siempre lo hacía tomando mil precauciones y de puntillas. A Jonas le enternecía aquella discreción, y un día le aseguró a Louise que no era tan sensible para que el ruido de sus pasos le impidiera trabajar. Louise le respondió que también se trataba de no despertar al niño. Jonas, lleno de admiración por el corazón materno que así se ponía al descubierto, rió de buena gana de su equivocación. En consecuencia, no se atrevió a confesar que las intervenciones prudentes de Louise eran más molestas que una franca interrupción. En primer lugar porque duraban más tiempo, y también porque se ejecutaban según una mímica en la que Louise, con los brazos ampliamente separados, el torso ligeramente inclinado hacia atrás y avanzando con la pierna muy levantada, no podía pasar desapercibida. Aquel método iba incluso en contra de las intenciones previstas, ya que Louise podía tropezar en cualquier momento con alguna de las telas que abarrotaban el estudio. El ruido despertaba entonces al bebé, que manifestaba su descontento con los medios apropiados, bastante poderosos por otro lado. El padre, encantado de la capacidad pulmonar de su hijo, corría a acariciarle, pronto reemplazado por su mujer. Entonces Jonas levantaba sus telas, y después, con los pinceles en la mano, escuchaba encantado la voz insistente y soberana de su hijo.

Fue también la época en la que el éxito le valió a Jonas muchos amigos. Esos amigos se manifestaban por teléfono o por medio de visitas inesperadas. El teléfono, que después de pensarlo bien, había sido instalado en el estudio, sonaba a menudo, siempre en detrimento del sueño del bebé, que unía sus gritos a los imperativos timbrazos del aparato. Si por casualidad Louise estaba ocupada atendiendo a los otros dos niños, se apresuraba a venir con ellos, pero la mayor parte de las veces se encontraba con que Jonas tenía al bebé en una mano y en la otra los pinceles, con el receptor del teléfono transmitiéndole una afectuosa invitación a cenar. Jonas se asombraba de que alguien quisiera almorzar con él, sabiendo lo banal de su conversación, pero prefería salir por la noche para conservar intacta su jornada de trabajo. Desgraciadamente, la mayor parte de las veces el amigo solo tenía el mediodía libre, y precisamente aquel mismo mediodía insistía en dedicárselo absolutamente a su querido amigo Jonas. El querido Jonas aceptaba: «Como quieras», y colgaba. «Qué hombre más amable», decía devolviendo el niño a Louise. Después retornaba a su trabajo, pronto interrumpido por el almuerzo o la cena. Había que apartar las telas, desplegar la perfeccionada mesa e instalarse con los niños. Durante la comida, Jonas ponía el ojo en el cuadro en el que estaba trabajando, y a veces sucedía, al menos al principio, que le parecía que sus hijos eran lentos masticando y tragando, lo que alargaba excesivamente la comida. Pero leyó en el periódico que había que comer despacio para asimilar bien lo que se come, y a partir de ese momento encontró razones para alegrarse un buen rato en cada comida.

Otras veces sus nuevos amigos le hacían una visita. Rateau siempre venía después de cenar. Durante el día estaba en su oficina, y además sabía que los pintores trabajan mientras hay luz natural. Pero los nuevos amigos de Jonas pertenecían casi todos a la especie de los artistas o de los críticos. Unos habían sido pintores, otros esperaban serlo, y los últimos, en fin, se ocupaban de lo que los otros habían pintado o de lo que pintarían. Todos ellos, ciertamente, colocaban en muy elevada posición todas las labores artísticas y se quejaban de la organización del mundo moderno, que hacía tan difícil la prosecución de dichas labores y el ejercicio de la meditación, indispensable para el artista. Se quejaban de ello durante tardes enteras, suplicando a Jonas que siguiera trabajando y que hiciera como si ellos no estuvieran allí, y que se sintiera libre delante de ellos, porque ellos no eran burgueses y sabían lo que valía el tiempo de un artista. Jonas, dichoso de tener amigos capaces de admitir que era posible trabajar en su presencia, volvía a su lienzo sin dejar de responder a las preguntas que le dirigían, ni de reírse con las anécdotas que le contaban.

Tanta naturalidad hacía que sus amigos se sintieran cada vez más a gusto. Su buen humor era tan real que olvidaban la hora de la cena. Los niños tenían mejor memoria. Venían, se mezclaban con las visitas, aullaban, los visitantes se hacían cargo de ellos, saltaban de regazo en regazo. Al fin la luz declinaba en el rectángulo de cielo que se dibujaba en el patio y Jonas dejaba los pinceles. No quedaba más remedio que invitar a los amigos a lo que hubiera en el puchero y seguir hablando hasta bien entrada la noche, de arte por supuesto, pero sobre todo de los pintores sin talento, plagiarios o arribistas, que no estaban presentes. A Jonas le gustaba levantarse temprano para aprovechar las primeras horas de luz. Sabía que no sería fácil, que el desayuno no estaría listo a tiempo, y que él mismo estaría cansado. Pero también se alegraba de haber aprendido tantas cosas en una sola velada, que sin duda le serían de provecho para su arte, aunque fuera de forma invisible. «En el arte, como en la naturaleza, nada se pierde —decía—. Es un efecto de la buena estrella».

A veces los discípulos se unían a los amigos: Jonas iba haciendo escuela. Al principio le había sorprendido, no sabiendo qué era lo que se podía aprender de él, a quien tanto quedaba por descubrir. El artista que llevaba dentro avanzaba en las tinieblas: ¿cómo podría haber señalado los verdaderos caminos? Pero pronto comprendió que un discípulo no era forzosamente alguien que aspira a aprender algo. Al contrario, a menudo se convertían en discípulos por el placer desinteresado de enseñar algo al maestro. A partir de entonces Jonas pudo aceptar con humildad aquel honor suplementario. Sus discípulos le explicaban largamente lo que había pintado y por qué. Jonas descubría así en su obra muchas intenciones que le sorprendían un poco y una multitud de cosas que él no había puesto. Se creía pobre, y gracias a sus discípulos descubría de golpe que era rico. A veces, ante tanta riqueza hasta entonces desconocida, le invadía una vaharada de orgullo. «Después de todo, es cierto —decía para sí—. Ese rostro de ahí, en el último plano, es lo que más se ve. No entiendo lo que quieren decir hablando de humanización indirecta. Sin embargo, creo que con ese efecto he ido bastante lejos». Pero pronto se desembarazaba de aquel incómodo talento poniéndolo a la cuenta de su buena estrella. «Es mi buena estrella, que apunta lejos. Yo me quedo cerca de Louise y de los niños».

Los discípulos tenían además otro mérito: obligaban a Jonas a ser más riguroso consigo mismo. Tanto le ensalzaban en sus discursos, y particularmente en lo referente a su conciencia y su capacidad de trabajo, que después no podía permitirse ninguna flaqueza. Así perdió su vieja costumbre de mordisquear un terrón de azúcar o un pedazo de chocolate cuando había terminado una parte difícil, o antes de ponerse a trabajar. En la soledad habría cedido clandestinamente a aquella debilidad, a pesar de todo. Pero la presencia casi constante de sus discípulos y amigos, ante los cuales le molestaba ponerse a roer un poco de chocolate, y cuya interesante conversación, por otra parte, no podía interrumpir con una manía tan fútil, le ayudó en aquel progreso moral.

Además, sus discípulos le exigían que permaneciera fiel a su estética. Jonas, que pintaba largamente para recibir de tarde en tarde una especie de resplandor fugitivo donde la realidad surgía ante sus ojos con una luz virgen, solo se hacía una idea oscura de su propia estética. Sus discípulos, por el contrario, tenían sobre ella varias ideas contradictorias y categóricas; con eso no se bromeaba. A Jonas le habría gustado a veces invocar el capricho, ese humilde amigo del artista. Pero el entrecejo fruncido de sus discípulos ante ciertas telas que se apartaban de su idea le obligaba a reflexionar un poco más sobre su arte, y al final todo era beneficio neto.

Por otra parte, los discípulos ayudaban a Jonas de otra manera, obligándole a opinar sobre sus propias producciones. En efecto, no pasaba día sin que le trajeran una tela apenas esbozada que su autor colocaba entre Jonas y el cuadro en el que este se hallaba trabajando, a fin de que el boceto se beneficiara de la luz más favorable. Había que emitir un juicio. Hasta entonces Jonas había sentido siempre una secreta vergüenza por su profunda incapacidad para juzgar una obra de arte. Salvo en lo referente a un puñado de cuadros por los que se sentía transportado, y por los borratajos a todas luces toscos, todo lo demás le parecía igualmente interesante e indiferente. Por lo tanto, se vio obligado a reunir un arsenal de juicios, tanto más variados cuanto que sus discípulos, como todos los artistas de la capital, no carecían de cierto talento, y cuando estaban presentes había que establecer matices lo suficientemente diversos para contentarles a todos. Aquella feliz obligación lo forzó a formarse un vocabulario y una serie de opiniones sobre su arte. Su naturaleza bondadosa no se agrió con el esfuerzo. Comprendió rápidamente que sus discípulos no le solicitaban una opinión crítica, que no les habría resultado de ninguna utilidad, sino que le pedían que los animara y, si era posible, que los elogiara. Lo único imprescindible era que los elogios fueran diferentes. Jonas no se contentó con ser amable como de costumbre. Fue amable con ingenio.

Así corría el tiempo para Jonas, que seguía pintando rodeado de amigos y discípulos instalados en sillas que ahora ya se disponían en filas concéntricas alrededor del caballete. A menudo sucedía que los vecinos de enfrente se asomaran a las ventanas para sumarse al público. Jonas discutía, intercambiaba puntos de vista, examinaba las telas que le presentaban, sonreía a Louise cuando esta pasaba por la sala, consolaba a los niños y respondía afectuosamente a las llamadas telefónicas, sin soltar nunca los pinceles, añadiendo de vez en cuando una pincelada al cuadro que tuviera empezado. En cierto sentido su vida estaba bien ocupada, todo su tiempo estaba empeñado, y daba gracias al destino por apartar de él el aburrimiento. En otro sentido, se necesitaban muchas pinceladas para acabar un cuadro, y a veces pensaba en lo que tenía de bueno el aburrimiento, que le permitía evadirse encarnizándose en el trabajo. Por el contrario, la producción de Jonas disminuía en la medida en que sus amigos se hacían más interesantes. Incluso en las raras horas en que se encontraba solo, se sentía demasiado cansado para multiplicar el trabajo. Y, en esas horas, solo podía soñar con un nuevo modo de organización que conciliara el placer de la amistad con las virtudes del aburrimiento.

Confió su preocupación a Louise, que, por su parte, se inquietaba por el crecimiento de los dos niños mayores y lo reducido de su alojamiento. Propuso instalarlos en la habitación grande ocultando su cama con un biombo, y trasladar al bebé a la habitación pequeña, donde el teléfono no lo despertaría. Como el bebé ocupaba poco sitio, Jonas podría transformar la habitación pequeña en su taller. Entonces la habitación grande serviría para recibir durante el día. Así, Jonas podría ir y venir, ver a los amigos o trabajar, a sabiendas de que comprenderían su necesidad de aislamiento. Además, la obligación de acostar a los dos mayores permitiría acortar las veladas. «Estupendo», dijo Jonas después de reflexionar. «Además —añadió Louise—, si tus amigos se van pronto nos veremos un poco más». Jonas la miró. Por el rostro de Louise pasó una sombra de tristeza. Emocionado, la apretó contra él y la besó con la mayor ternura. Ella se entregó y durante un instante fueron felices como si estuvieran al comienzo de su matrimonio. Pero ella volvió a lo suyo: quizá la habitación fuera demasiado pequeña para Jonas. Louise tomó un metro plegable y descubrieron que, debido a los montones de lienzos suyos y de sus amigos, más numerosos con mucho estos últimos, trabajaba de ordinario en un espacio apenas mayor del que disfrutaría en adelante. Jonas procedió sin tardanza al traslado.

Por suerte su reputación iba creciendo a medida que trabajaba menos. Cada exposición era esperada y celebrada de antemano. Cierto que un pequeño número de críticos, entre los cuales se contaban dos visitantes habituales del taller, entibiaban con algunas reservas el calor de sus crónicas. Pero la indignación de los discípulos compensaba y superaba aquella pequeña desgracia. Por supuesto, afirmaban estos últimos con convicción, por encima de todo estaban las telas del primer período, pero las investigaciones en curso preparaban una verdadera revolución. Jonas se reprochaba el íntimo desagrado que sentía cada vez que alababan sus primeras obras y daba las gracias efusivamente. Solo Rateau gruñía: «Qué individuos tan curiosos... Te aprecian si eres una estatua, inmóvil. Con ellos, prohibido vivir». Jonas defendía a sus discípulos: «Tú no puedes entenderlo —respondía a Rateau—, a ti te gusta todo lo que hago». Este reía: «¡Rayos! ¡Lo que me gusta es tu pintura, no tus cuadros!».

En todo caso los cuadros seguían gustando y el propio marchante le propuso un aumento de la mensualidad después de una exposición calurosamente acogida. Jonas aceptó, manifestando su gratitud. «Cualquiera que lo oyera pensaría que usted concede importancia al dinero», dijo el marchante. Tanta bondad conquistó el corazón del pintor. Sin embargo, cuando solicitó la autorización del marchante a fin de donar un lienzo para una venta benéfica, este quiso saber si se trataba de una venta benéfica «productiva». Jonas no lo sabía. El marchante propuso que se ajustaran escrupulosamente a los términos del contrato, que le concedía el privilegio exclusivo de las ventas. «Un contrato es un contrato», dijo. En el suyo, la beneficencia no estaba prevista. «Como usted guste», dijo el pintor.

La nueva organización trajo algo más que satisfacciones a Jonas. En efecto, pudo aislarse lo suficiente para responder a las numerosas cartas que ahora recibía y que su cortesía no podía dejar sin respuesta. Unas se referían al arte de Jonas, otras, con mucho las más numerosas, aludían a la persona del remitente, ya fuera que desease ser animado en su vocación de pintor, ya que solicitara un consejo o una ayuda financiera. A medida que el nombre de Jonas salía en los periódicos, también se le solicitó, como a todo el mundo, que interviniera para denunciar odiosas injusticias. Jonas respondía, escribía sobre arte, daba las gracias, administraba consejos, prescindía de una corbata para enviar una pequeña ayuda, y finalmente firmaba las protestas que le presentaban. «¿Te dedicas ahora a la política? Deja eso a los escritores y a las mujeres feas», dijo Rateau. No, solo firmaba las protestas que declaraban ser ajenas a cualquier espíritu partidista. Pero todas pretendían ese género de hermosa independencia. A lo largo de las semanas, Jonas iba arrastrando un correo sucesivamente descuidado y renovado en sus bolsillos repletos. Respondía a lo más inmediato, que generalmente procedía de desconocidos, y dejaba para mejor momento todo aquello que pedía una respuesta sosegada, es decir, las cartas de los amigos. En todo caso, tantas obligaciones le impedían holgazanear y andar con el corazón despreocupado. Siempre sentía que iba con retraso, y vivía con culpa, incluso cuando trabajaba, lo que aún le sucedía de vez en cuando.

Louise estaba cada vez más solicitada por los niños y se agotaba haciendo todo aquello que él mismo podría haber hecho en casa en otras circunstancias. Se sentía desgraciado. Después de todo, él trabajaba por su propio gusto, y a ella le tocaba la peor parte. Se daba cuenta cuando ella se iba de compras. «¡El teléfono!», gritaba el mayor, y al instante Jonas dejaba plantado su cuadro para volver luego, con el corazón en paz y con una invitación más. «¡Es el gas!», gritaba un empleado en la puerta que le había abierto otro de los niños. «¡Ya voy, ya voy!». Cuando Jonas terminaba con el teléfono o con la puerta, un amigo, un discípulo, o a veces las dos cosas al mismo tiempo, lo seguían hasta la habitación pequeña para proseguir la conversación iniciada. Al poco tiempo todos se habituaron al pequeño corredor. Se instalaban allí, charlaban entre ellos, de lejos ponían a Jonas por testigo, o bien irrumpían brevemente en la habitación pequeña. «Al menos aquí podemos verte, y más tranquilamente», exclamaban los que entraban. Jonas se enternecía: «Es verdad —decía—. Finalmente ya no nos vemos». También se daba cuenta de que decepcionaba a los que no veía, y se entristecía por ello. A menudo se trataba de amigos que le habría gustado ver. Pero le faltaba tiempo y no podía recibirlos a todos. También su reputación se resentía. «Desde que tiene éxito se ha vuelto engreído —decían—. Ya no ve a nadie». O bien: «No quiere a nadie, solo se quiere a sí mismo». No, le gustaba su pintura, y Louise, y los niños, y Rateau, y algunos más, y sentía simpatía por todos. Pero la vida es breve, el tiempo pasa rápido, y su propia energía tenía límites. Era difícil pintar el mundo y los hombres y al mismo tiempo vivir con ellos. Por otro lado, no podía quejarse ni explicar sus impedimentos. Porque entonces le daban unas palmadas en el hombro diciendo: «¡Dichoso tú! ¡Ese es el precio de la gloria!».

El correo, pues, se iba acumulando, los discípulos no toleraban ningún relajo, y afluía la gente de mundo, aquellos que a Jonas le parecía que tanto les habría podido interesar la familia real británica o los albergues gastronómicos como la pintura. En verdad se trataba sobre todo de mujeres de mundo, pero con una gran sencillez de maneras. Ellas no compraban cuadros, pero llevaban consigo a sus amistades a casa del artista con la esperanza, a menudo defraudada, de que los compraran en su lugar. En cambio, ayudaban a Louise, especialmente preparando el té para los visitantes. Las tazas iban pasando de mano en mano, hacían el recorrido del pasillo, desde la cocina hasta la habitación grande, regresando después para ir a aterrizar en el pequeño taller, donde Jonas, rodeado por un puñado de amigos y visitantes que bastaba para llenar la habitación, seguía pintando hasta el momento en que se veía obligado a dejar los pinceles para recibir, agradecidamente, la taza de té que una persona fascinante había preparado especialmente para él.

Se bebía el té contemplando el boceto de un discípulo que este acababa de colocar en el caballete, se reía con sus amigos, se interrumpía para preguntar a alguno si no le molestaría llevar a Correos el paquete de cartas que había escrito aquella noche, levantaba al segundo niño que se había caído entre sus piernas, posaba para una fotografía y al fin: «¡Jonas, el teléfono!». Enarbolaba su taza, se abría paso entre la muchedumbre que ocupaba el corredor, regresaba, pintaba una esquina del cuadro, se detenía para responder a la fascinante criatura que, por supuesto, haría su retrato, y volvía al caballete. Trabajaba, pero... «¡Jonas, una firma!». «¿Quién es? —decía—. ¿El cartero?». «No. Es por los presos de Cachemira». «Voy, voy». Entonces se precipitaba hacia la puerta para recibir a un joven amigo de la humanidad con su protesta, se preocupaba por averiguar si se trataba de política, firmaba después de haber recibido la completa seguridad al respecto, así como un pequeño sermón sobre los deberes que le creaban sus privilegios de artista, y volvía a aparecer para ser presentado a un boxeador de triunfo reciente o al más importante dramaturgo de un país extranjero. El dramaturgo le hacía frente durante cinco minutos, expresando con miradas emocionadas lo que su ignorancia del francés no le permitía decir con mayor claridad, mientras Jonas asentía con la cabeza con sincera simpatía. Felizmente, aquella situación sin salida se resolvía por la irrupción del último predicador con encanto, que deseaba ser presentado al gran pintor. Jonas, encantado, decía que era él, palpaba el paquete de cartas de su bolsillo, empuñaba sus pinceles, se disponía a perfeccionar un fragmento del cuadro, pero antes tenía que dar las gracias por una pareja de setters que en aquel momento le traían, ir a dejarlos a la habitación conyugal, regresar para aceptar la invitación a almorzar de la donante de los setters, volver a salir atraído por los gritos de Louise y constatar sin sombra de duda que los setters no habían sido educados para vivir en un piso, y llevarlos entonces a la sala de la ducha, donde aullaban con tal perseverancia que se terminaba por no oírles. De tarde en tarde, Jonas veía por encima de las cabezas la mirada de Louise, y le parecía que era una mirada triste. Al fin llegaba el término de la jornada, los visitantes se despedían, otros se demoraban en la habitación grande y miraban con ternura a Louise mientras acostaba a los niños amablemente ayudada por una mujer elegante con sombrero que lamentaba tener que regresar a su palacete, donde la vida, dispersada en dos plantas, era mucho menos íntima y cálida que en casa de los Jonas.

Un sábado por la tarde, Rateau vino a traer a Louise un ingenioso secador de ropa que podía sujetarse en el techo de la cocina. Se encontró con el piso atestado de gente y, en la habitación pequeña, rodeado de estetas, halló a Jonas pintando a la donante de los perros, al tiempo que un artista oficial le pintaba a él. Según Louise, estaba ejecutando un pedido del Estado. «Se va a titular *El artista trabajando*». Rateau se retiró a un rincón de la habitación para contemplar a su amigo, visiblemente absorto en el esfuerzo. Uno de los estetas, que nunca había visto a Rateau, se inclinó hacia él: «Tiene buen aspecto, ¿eh? —dijo. Rateau no respondió—. ¿Pinta usted? —prosiguió el otro—. Yo también. Pues bien, créame usted. Está en baja». «¿Ya?», dijo Rateau. «Sí. Es el éxito. No se puede resistir al éxito. Está acabado». «¿Está en baja o está acabado?». «Un artista que baja está acabado. Vea usted, ya no tiene nada que pintar. Lo pintan a él y lo colgarán de una pared».

Más tarde, en medio de la noche, en la habitación conyugal, Louise, Rateau y Jonas, este último de pie, los otros dos sentados en el borde de la cama, callaban. Los niños dormían, los perros estaban de pensión en el campo, Louise acababa de fregar la abundante vajilla que Jonas y Rateau habían secado, y la fatiga era grande. «Coged una criada», había dicho Rateau delante de la pila de platos. Pero Louise respondió con melancolía: «¿Dónde la pondríamos?». Por lo tanto, callaban. «¿Estás contento?», preguntó repentinamente Rateau. Jonas sonrió; tenía un aspecto agotado. «Sí. Todo el mundo es amable conmigo». «No —dijo Rateau—. No te fíes. No todos son buenos». «¿Quién?». «Por ejemplo, tus amigos pintores». «Ya lo sé —dijo Jonas—. Pero muchos artistas son así. No están seguros de existir de verdad, incluso los más grandes. Entonces buscan pruebas, juzgan, condenan. Eso les fortalece, es un atisbo de existencia. ¡Están solos!». Rateau movía la cabeza. «Créeme —dijo Jonas—. Los conozco. Hay que quererlos». «¿Y tú? —dijo Rateau—. ¿Tú existes? Tú nunca hablas mal de nadie». Jonas se echó a reír:

«¡Oh! A menudo pienso mal de ellos. Lo que pasa es que me olvido». Adoptó una actitud grave: «No, no estoy seguro de existir. Pero existiré, de eso estoy seguro».

Rateau preguntó a Louise lo que pensaba de aquello. Ella salió de su fatiga para responder que Jonas tenía razón: la opinión de sus visitantes no tenía importancia. Solo importaba el trabajo de Jonas. Y buena cuenta se daba de que el niño molestaba. Además estaba creciendo, tendrían que comprar un sofá y ocuparía espacio. Y, a la espera de encontrar un piso más grande, no sabía cómo hacer. Jonas miraba la habitación conyugal. Por supuesto no era lo ideal, la cama era muy grande. Pero la habitación estaba vacía todo el día. Se lo dijo a Louise y esta reflexionó. Al menos en el dormitorio a Jonas no le molestarían; no se atreverían a tumbarse en la cama. «¿Qué le parece?», preguntó Louise a Rateau, a su vez. Este miraba a Jonas. Jonas miraba las ventanas de enfrente. Después levantó los ojos hacia el cielo sin estrellas y fue a correr las cortinas. Cuando regresó, sonrió a Rateau y se sentó cerca de él, en la cama, sin decir nada. Louise, visiblemente agotada, declaró que se iba a dar una ducha. Cuando los dos amigos se quedaron solos, Jonas sintió el hombro de Rateau pegado al suyo. Sin mirarlo, dijo: «Me gusta pintar. Quisiera pasar pintando la vida entera, día y noche. ¿No es eso una suerte?». Rateau lo miró con ternura: «Sí —respondió—. Es una suerte».

Los niños iban creciendo y Jonas era feliz viéndolos alegres y vigorosos. Iban al colegio y volvían a las cuatro. Jonas podía también disfrutar con ellos el sábado por la tarde, el jueves, y a lo largo del día en las frecuentes y largas vacaciones. Todavía no eran lo suficientemente mayores para jugar sin travesuras, pero parecían lo bastante robustos para llenar el piso con sus peleas y sus risas. Había que calmarlos, amenazarlos, y en ocasiones fingir que se les iba a pegar. También había que tener la ropa lista, los botones cosidos; Louise ya no daba abasto.

Como no podían alojar a una criada, ni siquiera introducirla en la estrecha intimidad en que vivían, Jonas sugirió pedir ayuda a la hermana de Louise, Rose, que se había quedado viuda con una hija mayor. «Sí —dijo Louise—. Con Rose no tendremos problemas. Podremos decirle que se vaya cuando queramos». Jonas se alegró de aquella solución que aliviaría a Louise, al mismo tiempo que a su propia conciencia, abrumada ante la fatiga de su mujer. El alivio fue tanto mayor cuanto que la hermana traía a menudo a su hija para que la ayudara. Ambas tenían el mejor corazón del mundo; la virtud y el desinterés brotaban de su honrada naturaleza. Hicieron lo imposible por ayudar a la pareja y no escatimaron su tiempo. Las empujaba a ello el aburrimiento de su vida solitaria y el bienestar que encontraban en casa de Louise. En efecto, como estaba previsto, nadie se apuró y las dos parientes se sintieron realmente como en su casa desde el primer día. La habitación grande se convirtió en sala común, a la vez comedor, lavandería y guardería de niños. La habitación pequeña, donde dormía el benjamín, sirvió para almacenar las telas y colocar un catre de campaña donde a veces dormía Rose cuando no estaba su hija.

Jonas ocupaba la habitación conyugal y trabajaba en el espacio entre la cama y la ventana. Únicamente tenía que esperar a que la habitación estuviera hecha, y después la de los niños. Después nadie venía a molestarle, salvo para buscar alguna prenda de vestir: en efecto, el único armario de la casa se encontraba en aquella habitación. Por su parte, los visitantes, aunque algo menos numerosos, se habían ido acostumbrando y, contrariamente a lo que Louise esperaba, no dudaban en tumbarse en la cama para charlar mejor con Jonas. Los niños venían también para dar un beso a su padre. «¿Me enseñas lo que pintas?». Jonas les enseñaba lo que estaba haciendo y les abrazaba con ternura. Cuando les pedía que saliesen de la habitación, sentía que ocupaban todo el espacio de su corazón, completamente, sin restricciones. Privado de ellos, solo encontraría vacío y soledad. Los amaba tanto como amaba la pintura porque eran los únicos seres en el mundo tan llenos de vida como ella.

Sin embargo, Jonas trabajaba menos, aunque no sabía por qué. Seguía siendo constante en su trabajo, pero ahora tenía dificultades para pintar, incluso en los momentos de soledad. Pasaba esos momentos contemplando el cielo. Siempre había sido una persona distraída y absorta, y se convirtió en un soñador. En lugar de pintar, pensaba en la pintura, en su vocación. «Me gusta pintar», seguía repitiendo para sí, y la mano que sostenía el pincel pendía a lo largo de su cuerpo mientras escuchaba una radio lejana.

Al mismo tiempo, su reputación menguaba. Le traían artículos reticentes, otros malos, y algunos tan malvados que se le encogía el corazón. Pero se decía que algún provecho podía sacarse también de aquellos ataques que le incitarían a trabajar mejor. Los que continuaban visitándole le trataban con menos deferencia, como a un viejo amigo con el que no hay que guardar la compostura. Cuando quería volver a su labor le decían: «¡Bah! Tienes tiempo». Jonas sentía que de algún modo le habían anexionado a su propio fracaso. Pero, en otro sentido, aquella nueva solidaridad tenía algo beneficioso. Rateau se encogía de hombros: «Eres demasiado tonto. No te aprecian nada». «Ahora me aprecian un poco —respondía Jonas—. Un poco de amor es algo enorme. Poco importa la manera de obtenerlo». Por lo tanto, seguía conversando, escribiendo cartas y pintando como podía. De cuando en cuando pintaba de verdad, sobre todo los domingos por la tarde, cuando los niños salían con Louise y Rose. Por la noche se alegraba de haber podido avanzar algo en el cuadro que tuviera entre manos. En aquella época pintaba cielos.

El día en que el marchante le comunicó que, sintiéndolo mucho, y ante la patente disminución de las ventas, se veía obligado a reducir la mensualidad, Jonas aprobó la decisión, pero Louise dio muestras de inquietud. Era el mes de septiembre, había que vestir a los niños para la vuelta al colegio. Ella misma puso manos a la obra, con su ánimo habitual, pero pronto se vio desbordada. Rose sabía zurcir y coser botones, pero no era costurera. Sin embargo, la prima de su marido sí lo era; así que vino a ayudar a Louise. De vez en cuando se instalaba en la habitación de Jonas, en la silla del rincón; era una persona silenciosa y permanecía tranquila. Tan tranquila incluso que Louise sugirió a Jonas que pintara una Costurera. «Buena idea», dijo Jonas. Lo intentó, estropeó dos telas, y después volvió al cielo que tenía empezado. Al día siguiente se paseó largamente por el piso y reflexionó en lugar de pintar. Un discípulo, muy acalorado, vino a enseñarle un largo artículo que de otro modo él no habría leído, y por el cual se enteró de que su pintura se había degradado y estaba pasada de moda; el marchante lo llamó para expresarle una vez más su inquietud ante la curva descendente de las ventas. Sin embargo, él continuó soñando y reflexionando. Dijo al discípulo que algo de cierto había en el artículo, pero que él, Jonas, podía contar todavía con muchos años de trabajo por delante. Respondió al marchante que comprendía su inquietud, pero que no la compartía. Tenía una gran obra, verdaderamente innovadora, por hacer; todo volvería a empezar. Mientras hablaba, sentía que decía la verdad y que su buena estrella estaba con él. Bastaba con organizarse bien.

Los días siguientes intentó trabajar en el corredor, al día

siguiente en la ducha, con luz eléctrica, al día siguiente en la cocina. Pero por primera vez le molestaron las personas que iba encontrando en todas partes, aquellos que apenas conocía y los suyos, los que amaba. Durante algún tiempo dejó de trabajar y reflexionó. Habría pintado del natural si la estación hubiera sido propicia. Desgraciadamente el invierno iba a empezar, y era difícil dedicarse a los paisajes antes de la primavera. Sin embargo, lo intentó para renunciar al poco tiempo: el frío le llegaba al corazón. Vivió varios días con sus telas, a menudo sentado cerca de ellas, o bien de pie delante de la ventana; ya no pintaba. Adquirió entonces la costumbre de salir por las mañanas. Forjó el proyecto de bosquejar algún detalle, un árbol, una casa esquinada, un perfil visto de paso. Al cabo del día no había hecho nada. Por el contrario, la menor tentación lo paralizaba, los periódicos, un encuentro fortuito, los escaparates, el calor de un café. Cada noche encontraba sin cesar buenas excusas para tranquilizar una mala conciencia que ya no lo abandonaba. Volvería a pintar, de eso estaba seguro, y a pintar mejor después de aquel período de aparente vacío. Trabajaba por dentro, eso era todo, su buena estrella surgiría de nuevo de aquellas oscuras brumas completamente remozada, brillante. Mientras tanto, no salía de los cafés. Había descubierto que el alcohol le proporcionaba la misma exaltación que las buenas jornadas de trabajo de aquellos tiempos en los que pensaba en sus cuadros con aquella ternura y aquel calor que solo había sentido delante de sus hijos. Al segundo coñac volvía a encontrar en su interior la misma emoción sobrecogedora que lo convertía en dueño y servidor del mundo a la vez. Simplemente disfrutaba de ello en el vacío, con las manos ociosas, sin que nada se transmitiera en una obra. Pero era allí donde más cerca se sentía del júbilo al que entregaba su vida, y pasaba ahora largas horas sentado, soñando, en ámbitos ruidosos y llenos de humo.

Evitaba los lugares y los barrios frecuentados por artistas. Cuando se encontraba con algún conocido que le hablaba de su pintura se sentía presa del pánico. Quería escapar, y se notaba, y entonces escapaba. Sabía lo que se comentaba a sus espaldas: «Se tiene por un Rembrandt», y su malestar iba en aumento. En cualquier caso ya no sonreía, y sus antiguos amigos sacaban una conclusión inevitable: «Si ya no sonríe, es porque está demasiado satisfecho de sí mismo». Sabiendo eso, se volvía más huidizo y suspicaz. Al entrar en un café le bastaba tener la sensación de que alguien entre la clientela le había reconocido para que todo en su interior se oscureciera. Durante un segundo permanecía inmóvil, plantado, lleno de impotencia y de un extraño pesar, cerrado el rostro a su turbación, y también a un ávido y repentino deseo de amistad. Pensaba en la bondad de la mirada de Rateau y salía del lugar bruscamente. «¿Le has visto la cara?», dijo alguien un día, cerca de él, en el momento en que desaparecía.

Solo frecuentaba los barrios periféricos, donde nadie lo conocía. Allí podía hablar, sonreír, su buen carácter volvía, no le pedían nada. Hizo algunos amigos poco exigentes. Le gustaba en particular la compañía de uno de ellos, que servía de camarero en el bar de una estación a la que iba a menudo. El muchacho le preguntó «qué hacía en la vida». «Soy pintor», respondió Jonas. «¿Pintor artístico o pintor de brocha gorda?». «Artista». «Vaya —dijo el otro—, eso es realmente difícil». Y no habían vuelto a abordar la cuestión. Sí, era difícil, pero Jonas lo solucionaría en cuanto encontrara la forma de organizar su trabajo.

Al azar de los días y de las copas hizo otros conocimientos, las mujeres le ayudaron. Podía hablarles, antes o después del amor, y sobre todo vanagloriarse un poco, y ellas lo comprendían aun cuando no parecieran muy convencidas. A veces le parecía que su antigua fuerza volvía a él. Un día que una de sus amigas le había animado se decidió. Regresó a casa, intentó trabajar de nuevo en la habitación; la costurera estaba ausente. Pero, al cabo de una hora, apartó la tela, sonrió a Louise sin verla y salió. Pasó el día entero bebiendo y la noche en casa de su amiga, sin hallarse de verdad en estado de desearla. Por la mañana, Louise lo recibió con el rostro descompuesto; era la viva imagen del dolor. Quiso saber si había poseído a aquella mujer. Jonas dijo que no, porque estaba borracho, pero que otras veces lo había hecho. Y por primera vez, con el corazón desgarrado, vio a Louise con el rostro ahogado por la sorpresa y el exceso de dolor. Entonces descubrió que no había pensado en ella durante todo aquel tiempo y se avergonzó. Le pidió perdón, se había acabado, mañana todo volvería a ser como antes. Louise era incapaz de hablar y se volvió para ocultar las lágrimas.

Al día siguiente, Jonas salió temprano. Llovía. Cuando regresó, empapado como un hongo, venía cargado de tablas. Dos viejos amigos que habían pasado para tener noticias suyas tomaban café en casa, en la habitación grande. «Jonas cambia de estilo. Va a hacer pintura sobre tabla», dijeron. Jonas sonrió: «No es eso. Pero voy a empezar algo nuevo». Se dirigió hacia el pequeño corredor que llevaba a la cocina, a la ducha y al servicio. Se detuvo en el ángulo recto que formaban los dos corredores y consideró con detenimiento las altas paredes que se elevaban hasta el oscuro techo. Necesitaba una escalera de mano y fue a buscarla donde el portero.

Cuando volvió a subir, había en casa algunas personas más, y antes de alcanzar el final del corredor tuvo que luchar contra el afecto de aquellos visitantes, encantados de encontrarlo de nuevo, y contra las preguntas sobre su familia. En aquel instante su mujer salía de la cocina. Dejando la escalera en el suelo, Jonas la estrechó fuertemente contra él. Louise lo miró:

«Por favor —dijo—, no empieces otra vez». «No, no —dijo Jonas—. Voy a pintar. Necesito pintar». Pero parecía hablar consigo mismo, su mirada estaba ausente. Se puso al trabajo. A media altura de las paredes construyó un entarimado a fin de obtener un desván estrecho, pero alto y profundo. Al final de la tarde todo estaba acabado. Con ayuda de la escalera, Jonas se colgó del suelo del desván para probar la solidez de su obra, efectuando algunos movimientos de tracción. Después se sumó a los demás, y todos se alegraron al encontrarlo de nuevo tan afectuoso. Por la noche, cuando la casa estuvo relativamente vacía, Jonas tomó una lámpara de petróleo, una silla, un taburete y un bastidor. Subió todo aquello al desván bajo la mirada intrigada de las tres mujeres y de los niños. «Ya está —dijo desde lo alto de su percha—. Aquí trabajaré sin molestar a nadie». Louise le preguntó si estaba seguro de eso. «Por supuesto —respondió él—, necesito poco sitio. Estaré más libre. Ha habido grandes pintores que pintaban con una vela, y...». «¿Es lo bastante sólido ese entarimado?». Lo era. «Tranquila —dijo Jonas—, es una buena solución». Y volvió a bajar.

Al día siguiente, temprano, se encaramó al desván, se sentó, colocó el bastidor en el taburete, de pie contra la pared, y esperó sin encender la lámpara. Los únicos ruidos que oía directamente procedían de la cocina o del servicio. Los demás rumores parecían lejanos, y las visitas, los timbrazos de la entrada o del teléfono, las idas y venidas, las conversaciones le llegaban medio ahogadas, como si procedieran de la calle o del otro patio. Además, mientras el piso se sumergía en una luz cruda, allí la penumbra era un alivio. De vez en cuando venía un amigo y se situaba debajo del desván. «¿Qué haces allá arriba, Jonas?». «Trabajo». «¿Sin luz?». «Por ahora sí». No pintaba, pero reflexionaba. En la penumbra de aquel silencio casi total, que por comparación con lo que había vivido hasta entonces le parecía el silencio de la tumba o del desierto, podía oír los latidos de su corazón. A partir de aquel momento, los ruidos que llegaban hasta el desván parecían no concernirle, y al mismo tiempo se dirigían a él. Era como esos hombres que mueren solos, en su casa, en medio del sueño, y, llegada la mañana, el timbre del teléfono suena insistente, enfebrecido, en la casa desierta, sobre un cuerpo sordo para siempre. Pero él vivía, escuchaba aquel silencio en su fuero interno, esperaba a su buena estrella, oculta aún, pero que se preparaba para salir de nuevo, para surgir al fin, inalterable, por encima del desorden de aquellas jornadas vacías. «Brilla, brilla —decía—. No me prives de tu luz». Estaba seguro de que brillaría de nuevo. Pero necesitaba reflexionar todavía algún tiempo, ya que se le concedía al fin la suerte de estar solo sin estar separado de los suyos. Necesitaba descubrir aquello que no había comprendido claramente todavía, aunque lo hubiera sabido siempre, y aunque siempre hubiera pintado como si lo supiese. Debía atrapar por fin aquel secreto que bien veía él que no era solamente el secreto del arte. Por eso no encendía la lámpara.

Ahora, Jonas se subía cada día a su desván. Los visitantes fueron escaseando, porque Louise, preocupada, se prestaba poco a la conversación. Jonas bajaba a la hora de las comidas y luego volvía a subirse a su percha. Permanecía el día entero inmóvil en la oscuridad. Por la noche se reunía con su mujer, ya acostada. Al cabo de algunos días le rogó a Louise que le subiera el almuerzo, lo cual ella hizo con una atención que a Jonas le enterneció. Para no tener que molestarla en otras ocasiones, sugirió hacer algunas provisiones que almacenaría en el desván. Poco a poco no volvió a bajar durante el día. Pero apenas tocaba las provisiones.

Una noche llamó a Louise y le pidió algunas mantas. «Pasaré la noche aquí». Louise lo miró echando la cabeza hacia atrás. Abrió la boca, pero calló. Únicamente se quedó examinando a Jonas con una expresión inquieta y triste; él vio de repente hasta qué punto ella había envejecido, y cómo la fatiga de la vida había hecho mella también profundamente en ella. Pensó entonces que nunca la había ayudado de verdad. Pero, antes de que pudiera hablar, ella sonrió con una ternura tal que a Jonas se le encogió el corazón. «Como quieras, mi amor», dijo ella.

En lo sucesivo pasó las noches en el desván de donde ya casi nunca bajaba. En consecuencia, la casa se vació de visitantes ya que no se podía ver a Jonas ni de día ni de noche. A algunos les dijeron que estaba en el campo, a otros, cuando se cansaron de mentir, que había encontrado un taller. Rateau era el único que venía fielmente. Subía por la escalera de mano y su cabeza gorda asomaba por encima del nivel del entarimado: «¿Qué tal?», decía. «De maravilla». «¿Trabajas?». «Como si trabajara». «Pero no tienes tela». «Pero aun así trabajo». Era difícil prolongar aquel diálogo de la escalera al desván. Rateau meneaba la cabeza, volvía a bajar, ayudaba a Louise a cambiar los plomos o a reparar una cerradura; después, sin subir a la escalera, iba a despedirse de Jonas, que respondía desde la sombra: «Saludos, viejo hermano». Una noche Jonas añadió un gracias a su saludo. «¿Gracias por qué?». «Porque tú me quieres». «¡Vaya noticia!», dijo Rateau, y se fue.

Otra noche Jonas llamó a Rateau y este acudió a su llamada. Por primera vez la lámpara estaba encendida. Jonas asomó fuera del desván con expresión ansiosa. «Pásame una tela», dijo. «Pero ¿qué te sucede? Has adelgazado, pareces un fantasma». «Casi no he comido desde hace varios días. No pasa nada, tengo que trabajar». «Come primero». «No, no tengo hambre». Rateau trajo una tela. Antes de desaparecer en el desván, Jonas le preguntó: «¿Qué tal están?». «¿Quién?». «Louise y los niños».

«Están bien. Estarían mejor si te tuvieran con ellos». «Estoy con ellos. Diles sobre todo que estoy con ellos». Y desapareció. Rateau fue junto a Louise para explicarle su inquietud. Ella confesó que desde hacía varios días también estaba atormentada. «¿Qué hacer? ¡Ah, si yo pudiera trabajar en su lugar!». Estaba delante de Rateau, infeliz. «No puedo vivir sin él», dijo. Tenía de nuevo su rostro de muchacha y Rateau se sorprendió. Entonces se percató de que ella se había ruborizado.

La lámpara permaneció encendida toda la noche y toda la mañana siguiente. A quien viniera, fuese Rateau o Louise, Jonas solamente respondía: «Déjame, estoy trabajando». A mediodía pidió petróleo. La lámpara, que empezaba a desprender carbonilla, brilló de nuevo con un resplandor vivo hasta la noche. Rateau se quedó a cenar con Louise y los niños. A medianoche se despidió de Jonas. Permaneció un momento delante del desván iluminado, y después se fue sin decir nada. El segundo día por la mañana, cuando Louise se levantó, la lámpara seguía aún encendida.

Empezaba una hermosa jornada, pero Jonas ya no se percataba de ello. Había vuelto la tela contra la pared. Esperaba, agotado, sentado, con las manos en posición oferente sobre las rodillas. Se decía que en adelante ya no trabajaría más; era feliz así. Escuchaba las voces de sus hijos, el rumor del agua, el tintineo de la vajilla. Louise hablaba. La cristalera vibraba al paso de un camión por el bulevar. Allí estaba el mundo, joven y adorable: Jonas escuchaba el hermoso rumor que producen los hombres. De tan lejos no llegaba a contrariar aquella fuerza jubilosa que se manifestaba en él, su arte, aquellos pensamientos que no podía comunicar, silenciosos para siempre, pero que lo elevaban por encima de todas las cosas, en una atmósfera libre y viva. Los niños corrían a través de las habitaciones, la niña reía, ahora Louise también reía, ella, cuya risa

hacía tanto tiempo que no oía. ¡Los quería! ¡Cuánto los quería!
Apagó la lámpara y, de nuevo en la oscuridad, ¿no era aquella
su buena estrella que regresaba? Era ella, podía reconocerla
con el corazón henchido de gratitud, y seguía contemplándo-
la cuando se desplomó, sin ruido.

«No ha sido nada —declaró un poco más tarde el médico
al que llamaron—. Trabaja demasiado. En una semana estará
otra vez de pie». «¿Está seguro de que se curará?», preguntó
Louise con el semblante deshecho. «Se curará». En la otra habitación, Rateau contemplaba la tela, completamente blanca,
en cuyo centro Jonas había escrito únicamente, en caracteres
diminutos, una palabra que podía descifrarse, pero que no se
sabía bien si había que leer «solitario» o «solidario».

La piedra que crece

El automóvil giró bruscamente sobre la pista de laterita, ahora embarrada. De repente, en uno de los bordes de la carretera, luego en el otro, los faros recortaron en la noche dos barracones de madera cubiertos de chapa. Cerca del segundo, a la derecha, se distinguía en medio de una ligera bruma una torre construida con vigas sin desbastar. De la cima de la torre salía un cable de acero, invisible en su punto de anclaje, pero brillante a la luz de los faros a medida que iba bajando para desaparecer detrás del talud que cortaba la ruta. El automóvil aminoró la velocidad y se detuvo a unos metros de los barracones.

El hombre que salió, a la derecha del chófer, tuvo dificultades para deslizarse a través de la portezuela. Una vez de pie, vaciló un instante sobre su inmenso cuerpo de coloso. En la zona de sombra, junto al automóvil, parecía escuchar el ruido del motor, abotargado por la fatiga, pesadamente plantado en tierra. Después echó a andar en dirección al talud y entró en el cono de luz de los faros. Se detuvo en lo alto de la pendiente, dibujando su enorme espalda en la noche. Al cabo de un instante se volvió. El rostro negro del chófer brillaba por encima del salpicadero y sonreía. El hombre hizo una señal; el chófer cerró el contacto. Al momento, un gran silencio fresco cayó sobre la pista y sobre la selva. Solo se escuchó entonces el ruido del agua.

El hombre contempló el río, abajo, señalado únicamente por un amplio movimiento oscuro salpicado de escamas brillantes. Una noche más densa y coagulada, lejos, del otro lado, era sin duda la orilla. Sin embargo, mirando bien, podía verse en aquella ribera inmóvil una llama amarillenta, como un quinqué en la lejanía. El coloso se volvió hacia el coche y movió la cabeza. El chófer apagó los faros, luego los encendió, luego los hizo parpadear regularmente. El hombre aparecía y desaparecía sobre el talud, más grande y macizo a cada resurrección. De repente, del otro lado del río, una linterna se alzó varias veces en el aire sostenida por un brazo invisible. A una última señal del vigía, el chófer apagó definitivamente los faros. El automóvil y el hombre desaparecieron en la noche. Con los faros apagados el río era prácticamente visible, o al menos algunos de sus músculos líquidos que brillaban a intervalos. De cada lado de la carretera las masas sombrías de la selva se dibujaban sobre el cielo y parecían muy cercanas. La llovizna había empapado la pista una hora antes, y todavía flotaba en el aire tibio y pesaba sobre el silencio y la inmovilidad de aquel gran claro en medio de la selva virgen. En el cielo negro titilaban borrosas las estrellas.

Pero procedente de la otra orilla llegaba ruido de cadenas y chapoteos ofuscados. Por encima del barracón, a la derecha del hombre que seguía a la espera, el cable se tensó. Un crujido sordo empezó a recorrerlo, al tiempo que del río se elevaba un ruido, a la vez amplio y débil, un surcar de aguas. El crujido se hizo regular, el ruido de agua se amplificó aún más, después se fue precisando, al tiempo que la luz de la linterna aumentaba. Se iba distinguiendo ya con nitidez la aureola amarillenta que la envolvía. Poco a poco, la aureola se fue dilatando y reduciéndose de nuevo, a medida que la linterna brillaba a través de la bruma y empezaba a iluminar, por encima de ella y a su alrededor, una especie de techado cuadrado de palmas secas, apoyado en sus cuatro esquinas sobre gruesos postes de bambú. Aquel tosco cobertizo, a cuyo alrededor se agitaban sombras confusas, avanzaba despacio hacia la orilla. Cuando estuvo más o menos en el centro del río, se pudo distinguir con precisión, recortándose en la luz amarilla, a tres hombres pequeños con el torso desnudo, casi negros, cubiertos con sombreros cónicos. Permanecían inmóviles con las piernas ligeramente separadas, con el cuerpo un poco inclinado para compensar la poderosa corriente del río empujando con todas sus aguas invisibles contra el flanco de una gran balsa tosca que fue lo último en surgir de la noche y de las aguas. Cuando el transbordador se hubo acercado algo más, el hombre distinguió detrás del cobertizo, del lado de la corriente, a dos negros grandes también cubiertos con amplios sombreros de paja y vestidos únicamente con pantalones de tela cruda. Hombro con hombro, se apoyaban con todas sus fuerzas en las pértigas que hundían lentamente en el río, hacia la popa de la embarcación, mientras los negros, con el mismo movimiento pausado, se inclinaban sobre las aguas hasta el límite del equilibrio. Los tres mulatos de proa, inmóviles y silenciosos, contemplaban la orilla sin levantar la mirada hacia el hombre que los estaba esperando.

De repente, el transbordador golpeó contra el extremo de un embarcadero que avanzaba en el agua y que la linterna, oscilando bajo el efecto del choque, acababa de descubrir. Los negros grandes permanecieron inmóviles, con las manos por encima de sus cabezas, aferrados al extremo de sus pértigas apenas sumergidas, pero con los músculos tensos y recorridos por un estremecimiento continuo que parecía proceder del agua misma y de su esfuerzo. Los otros barqueros lanzaron cadenas alrededor de los postes del embarcadero, saltaron sobre las planchas de madera y tendieron una especie de tosco puente levadizo que cubrió con un plano inclinado la proa de la balsa.

El hombre regresó al automóvil y se instaló al tiempo que el chófer ponía el motor en marcha. El coche se acercó lentamente al talud, con el capó apuntando al cielo, descendiendo después hacia el río para salvar la pendiente. Con los frenos pisados, rodaba y se deslizaba sobre el barro, se detenía y volvía a arrancar. Fue entrando en el embarcadero con un estremecimiento de tablas sueltas, llegó al extremo donde los mulatos, todavía silenciosos, se habían alineado a cada lado, y fue entrando lentamente en la balsa. La proa de la embarcación se hincó en el agua cuando el eje delantero llegó a su altura y se alzó de nuevo casi al instante cuando la balsa recibió el peso entero del vehículo. El chófer dejó después que el vehículo retrocediera hasta popa, delante de la enramada donde colgaba la linterna. Al momento los mulatos recogieron el puente sobre el embarcadero y saltaron con un solo movimiento al transbordador, apartándolo al mismo tiempo de la orilla fangosa. El río pareció alzar el lomo bajo la balsa y la levantó sobre a la superficie del agua, donde fue derivando lentamente amarrada al largo aparejo que ahora corría en el cielo, a lo largo del cable. Los negros grandes aliviaron su esfuerzo y sacaron las pértigas del agua. El hombre y el chófer salieron del automóvil y permanecieron inmóviles en la borda del barco, de cara a la corriente arriba. Nadie había hablado durante la maniobra, y todavía en aquel momento cada cual permanecía en su lugar, inmóvil y silencioso, excepto uno de los negros grandes, que empezó a liar un cigarrillo en papel de mala calidad.

El hombre fue mirando el claro por donde el río surgía de la gran selva brasileña y venía hacia ellos. Ancho allí de varios centenares de metros, empujaba con sus aguas turbias y sedosas el flanco del transbordador, y después, libre en los dos extremos, lo desbordaba y se extendía de nuevo en una sola corriente poderosa que rodaba suavemente, a través de la selva oscura, hacia el mar y hacia la noche. Flotaba un olor insulso, que venía del agua o del cielo esponjoso. Ahora podía oírse el chapoteo del agua pesada bajo la quilla; de ambas orillas llegaba el canto espacioso de la rana-buey o extraños gritos de pájaros. El coloso se acercó al chófer. Este, pequeño y delgado, apoyado contra uno de los postes de bambú, tenía los puños hundidos en un mono de trabajo que había sido azul, cubierto entonces del polvo rojo que habían estado masticando todo el día. Una sonrisa iluminaba su rostro, lleno de arrugas a pesar de su juventud, y contemplaba sin verlas las estrellas extenuadas que aún nadaban en el cielo húmedo.

Los gritos de los pájaros se hicieron más nítidos. A ellos se mezclaron cacareos desconocidos, y casi al mismo tiempo el cable empezó a chirriar. Los negros grandes sumergieron sus pértigas y tantearon el río con gestos de ciego en busca del fondo. El hombre se volvió hacia la orilla que acababan de abandonar. La noche y las aguas la habían cubierto a su vez, inmensa y hostil como todo el continente de árboles que se extendía más allá sobre miles de kilómetros. Entre el océano cercano y aquel mar vegetal, el puñado de hombres que en aquel momento derivaban por un río salvaje parecía perdido. Cuando la balsa golpeó el nuevo embarcadero fue como si, habiendo cortado todas las amarras, llegaran a una isla en las tinieblas, después de varios días de alarmante navegación.

Una vez en tierra, se oyó por fin la voz de los hombres. El chófer acababa de pagarles, y, con una voz extrañamente alegre en la pesadez de la noche, saludaban en portugués al coche que se ponía de nuevo en marcha.

—Han dicho que hay sesenta kilómetros hasta Iguape. Otras tres horas de coche y se acabó. Sócrates está contento —dijo el chófer.

El hombre se echó a reír con una risa franca, sólida y cariñosa, parecida a él.

—Yo también estoy contento, Sócrates. La pista es firme.

—Demasiado peso, señor D'Arrast, pesas demasiado. —Y el chófer se echó a reír sin parar.

El automóvil fue cogiendo algo de velocidad. Rodaba entre altas murallas de vegetación inextricable, en medio de un olor blando y azucarado. Los vuelos entrecruzados de moscas luminosas surcaban sin cesar la oscuridad de la selva, y de vez en cuando unas aves de ojos bermejos golpeaban un instante contra el parabrisas. A veces, llegaba un extraño rumor del fondo de la selva y el chófer miraba a su vecino girando cómicamente los ojos. La carretera daba vueltas y más vueltas, salvando pequeños riachuelos sobre puentes de planchas mal clavadas. Al cabo de una hora, la bruma comenzó a espesarse. Empezó a caer una llovizna fina que disolvía la luz de los faros. A pesar de las sacudidas, D'Arrast dormía a medias. Entonces ya no rodaba por la selva húmeda, sino que se hallaba de nuevo por aquella ruta de la sierra que había tomado por la mañana, al salir de São Paulo. De aquellas pistas se levantaba sin cesar un polvo rojizo, cuyo sabor todavía tenía en la boca y que cubría la vegetación rala de la estepa a ambos lados, hasta donde alcanzaba la vista. Sol de plomo, montañas pálidas y erosionadas, cebúes famélicos hallados en la carretera con la única escolta de un vuelo fatigado de urubúes despenachados, la larga, larguísima navegación a través de un desierto rojizo... Tuvo un sobresalto. El automóvil se había detenido. Ahora se encontraban en Japón: construcciones frágiles a cada lado de la carretera y, en las casas, una visión de kimonos furtivos. El chófer hablaba con un japonés que vestía un guardapolvo sucio y se cubría con un sombrero brasileño de paja. Después el coche volvió a arrancar.

—Ha dicho que solo cuarenta kilómetros.

—¿Dónde estábamos? ¿En Tokio?

—No, Registro. En nuestro país todos los japoneses vienen aquí.

—¿Por qué?

—No lo sé. Ya sabes, señor D'Arrast, son amarillos.

La selva se fue aclarando un poco, la carretera se hizo más fácil, casi deslizante. El coche patinaba en la arena. Por la portezuela entraba un aliento húmedo, tibio, un poco agrio.

—Huele —dijo el chófer con glotonería—. Es el mar. Pronto Iguape.

—Si nos queda gasolina —dijo D'Arrast. Y se volvió a dormir apaciblemente.

Al amanecer, sentado en su cama, D'Arrast miraba con asombro la sala en la que acababa de despertarse. Las altas paredes habían sido recientemente encaladas hasta la mitad con una lechada pardusca. En una época lejana habían estado pintadas de blanco por encima de esa altura y ahora una costra amarillenta y desgarrada las recubría hasta el techo. Dos filas de seis camas se hacían frente. D'Arrast únicamente podía ver una cama deshecha al extremo de su fila, y aquella cama estaba vacía. Pero oyó ruido a su izquierda y se volvió hacia la puerta donde descubrió a Sócrates riendo con una botella de agua mineral en cada mano. «¡Recuerdo feliz!», dijo. D'Arrast se removió. Sí, el hospital donde el alcalde los había alojado la víspera se lla-

maba «Recuerdo feliz». «Seguro que recuerdo —prosiguió Sócrates—. Me han dicho que primero construir hospital, y después construir agua. Mientras tanto, feliz recuerdo, toma, agua
que pica para que te laves». Desapareció, riendo y cantando,
sin dar muestras aparentes de agotamiento por los estornudos
cataclísmicos que le habían sacudido toda la noche y que a
D'Arrast le habían impedido pegar ojo.

Ahora D'Arrast estaba completamente despierto. Frente
a él, a través de las ventanas enrejadas, podía ver un pequeño
patio de tierra rojiza, empapado por la lluvia que se veía caer
sin ruido sobre un bosquecillo de aloes. Pasó una mujer desple-
gando encima de su cabeza con los brazos extendidos un gran
pañuelo amarillo. D'Arrast volvió a acostarse, para incorpo-
rarse casi al instante y saltar de la cama, que se hundió y crujió
bajo su peso. Sócrates entraba en aquel mismo momento. «Te
toca, señor D'Arrast. El alcalde espera fuera». Y ante la expresión de D'Arrast añadió: «Tranquilo, él nunca con prisas».

Después de afeitarse con agua mineral, D'Arrast salió al
porche del pabellón. El alcalde, con sus lentes de montura de
oro, tenía el porte y el aspecto de una amable comadreja y
parecía absorto en la triste contemplación de la lluvia. Pero se
transfiguró con una encantadora sonrisa en cuanto descubrió
a D'Arrast. Irguió su escasa estatura y se precipitó intentando
rodear con sus brazos el torso del «señor ingeniero». En el
mismo momento un automóvil frenó delante de ellos, del otro
lado de la pequeña pared del patio, derrapó en la tierra húmeda y se detuvo de través. «¡El juez!», exclamó el alcalde. Tanto
el juez como el alcalde vestían de azul marino. Pero el juez era
mucho más joven, o al menos lo parecía debido a su talle elegante y a su rostro juvenil de adolescente asombrado. Ahora
cruzaba el patio en su dirección evitando con gracia los charcos
de agua. A algunos pasos de D'Arrast tendió los brazos para

darle la bienvenida. Se sentía orgulloso de recibir al señor ingeniero, era un honor que este último hacía a su humilde ciudad, se alegraba del inestimable servicio que el señor ingeniero iba a hacer a Iguape con la construcción de aquel pequeño dique que evitaría la inundación periódica de los barrios pobres. ¡Señorear las aguas, dominar los ríos! ¡Ah!, qué gran oficio! Estaba seguro de que la humilde población de Iguape recordaría el nombre del señor ingeniero y durante muchos años le uniría a sus plegarias. D'Arrast, vencido por tanta elocuencia y tanto encanto, dio las gracias y no se atrevió a preguntar qué tenía que ver un juez en la construcción de un dique. Por otra parte, según el alcalde, había que dirigirse al club donde los notables de la ciudad deseaban recibir dignamente al señor ingeniero antes de ir a visitar los barrios bajos. ¿Quiénes eran los notables?

—Pues bien —dijo el alcalde—, yo mismo en tanto que alcalde, el señor Carvalho, aquí presente, el jefe de puerto, y algunas personas de menor importancia. Además, no debe usted preocuparse por ellas porque no hablan francés.

D'Arrast llamó a Sócrates y le dijo que se verían al final de la mañana.

—Bueno —dijo Sócrates—. Iré al Parque de la Fuente.

—¡Al parque!

—Sí, todo el mundo conoce. No seas con miedo, señor D'Arrast.

D'Arrast se percató al salir de que el hospital estaba construido en la linde de la selva, cuyas frondas macizas casi dominaban el tejado. Sobre toda la envergadura de los árboles estaba cayendo un velo de agua fina que la selva espesa iba absorbiendo sin ruido, como una enorme esponja. La ciudad, de aproximadamente un centenar de casas cubiertas de tejas de colores apagados, se extendía entre la selva y el río, cuya lejana respiración llegaba hasta el hospital. El coche entró primero por las calles empapadas y casi al momento fue a desembocar en una plaza rectangular, bastante amplia, que conservaba numerosas huellas de neumáticos, de ruedas de carro y de cascos de caballo entre los abundantes charcos de su arcilla roja. Alrededor, las construcciones bajas cubiertas de un enlucido multicolor cerraban la plaza, detrás de la cual podían verse los dos campanarios redondos de una iglesia blanca y azul, de estilo colonial. Sobre ese decorado desnudo flotaba un olor a sal procedente del estuario. Algunas siluetas empapadas deambulaban por el centro de la plaza. A lo largo de las casas circulaba con pasos cortos y gestos lentos una muchedumbre abigarrada de gauchos, de japoneses, de indios mestizos y de elegantes notables, cuyos trajes oscuros allí resultaban exóticos. Se apartaban sin prisa para dejar pasar al automóvil, después se paraban y lo seguían con la mirada. Cuando el coche se detuvo delante de uno de los edificios de la plaza, un círculo de gauchos húmedos se formó silenciosamente a su alrededor.

Había un número considerable de notables en el club, una especie de pequeño bar en el primer piso, amueblado con un mostrador de bambú y mesas bajas de chapa. Se bebió aguardiente de caña en honor de D'Arrast, después de que el alcalde, con el vaso en la mano, le diera la bienvenida y le deseara toda la felicidad del mundo. Pero mientras D'Arrast bebía, cerca de la ventana, un individuo alto como una percha, con pantalones de montar y polainas, se acercó titubeando un poco para dirigirle un discurso rápido y oscuro, en el que el ingeniero solo reconoció la palabra «pasaporte». Dudó un instante y sacó luego el documento, que el otro cogió con voracidad. Después de haber hojeado el pasaporte, la percha mostró un malhumor evidente. Retomó su discurso, sacudiendo el librito bajo la nariz del ingeniero, que sin alterarse contemplaba su furia. En aquel momento, el juez, sonriente, se acercó para preguntar qué sucedía. El borracho examinó un momento a la frágil criatura que se atrevía a interrumpirle y después, tambaleándose de forma algo más peligrosa, volvió a agitar el pasaporte bajo las narices de su nuevo interlocutor. D'Arrast fue a sentarse tranquilamente junto a una de las mesas y esperó. El diálogo subió de tono, y de repente el juez hizo surgir una voz estrepitosa que nadie habría sospechado que también fuera suya. Contra todo pronóstico, de repente la percha se batió en retirada como un niño cogido en falta. A una última interpelación del juez, se dirigió hacia la puerta con el andar oblicuo de un mal alumno castigado y desapareció.

El juez se acercó para explicar a D'Arrast, de nuevo con una voz armoniosa, que aquel personaje grosero era el jefe de policía, que se atrevía a sugerir que el pasaporte no estaba en regla y que sería castigado por la infracción. A continuación el señor Carvalho se dirigió a los notables, que hicieron círculo, y pareció interrogarles. Después de una corta discusión el juez expresó sus más solemnes excusas a D'Arrast, le pidió que entendiera que solo la ebriedad podía explicar tamaño olvido de los sentimientos de respeto y agradecimiento que la ciudad entera de Iguape le debía y, para terminar, le rogó que decidiera por sí mismo el castigo que convenía infligir a tan calamitoso personaje. D'Arrast respondió que no pedía ningún castigo, que era un incidente sin importancia y que sobre todo tenía prisa por ir al río. El alcalde tomó entonces la palabra para afirmar con afectuosa bonachonería que, en verdad, un castigo resultaba indispensable, y que el culpable permanecería arrestado a la espera de que el eminente visitante tuviera a bien decidir cuál sería su suerte. Ninguna protesta pudo doblegar aquella sonriente severidad y D'Arrast se vio obligado a prometer que reflexionaría. A continuación, se decidió visitar los barrios bajos.

El río extendía ya ampliamente sus aguas amarillentas por las orillas bajas y resbaladizas. Habían dejado atrás las casas de Iguape y se encontraban entre el río y un elevado talud escarpado al que se agarraba una serie de chabolas de adobe y ramas. Delante de ellos, al final del terraplén, volvía a empezar la selva, sin transición, como en la otra orilla. Pero el claro del río entre los árboles se ensanchaba rápidamente hasta una línea indefinida, más gris que amarilla, y aquello era el mar. Sin decir nada, D'Arrast se dirigió hacia el talud en cuyo flanco los niveles de las diferentes crecidas habían dejado marcas todavía recientes. Un sendero enfangado subía hacia las chabolas. Delante de ellas se veían grupos de negros de pie, silenciosos, mirando a los recién llegados. Algunas parejas se daban la mano, y en el borde del talud, delante de los adultos, una fila de jóvenes negritos, con los vientres hinchados y las piernas escuálidas, abrían desmesuradamente sus ojos redondos.

Al llegar delante de las chabolas, D'Arrast llamó con un gesto al jefe de puerto. Era un negro gordo y sonriente que vestía un uniforme blanco. D'Arrast le preguntó en español si era posible visitar una chabola. El jefe dijo que por supuesto, incluso le pareció que era una buena idea, el señor ingeniero podría ver cosas muy interesantes. Se dirigió a los negros, hablándoles largamente, señalando a D'Arrast y al río. Los otros escuchaban sin decir nada. Cuando el jefe de puerto terminó, nadie se movió. Habló de nuevo, con voz impaciente. Llamó después a uno de los hombres, que sacudió la cabeza. El jefe dijo entonces algunas palabras breves en tono imperativo. El hombre se separó del grupo, se presentó delante de D'Arrast y le mostró el camino con un gesto. Pero su mirada era hostil. Era un hombre de cierta edad, con la cabeza cubierta de un pelo como lana ya grisácea, el rostro delgado y curtido, joven sin embargo de cuerpo, con hombros duros y secos y músculos visibles bajo el pantalón de tela y la camisa hecha jirones. Se adelantaron seguidos del jefe de puerto y del gentío de negros y treparon por un nuevo talud, con mayor pendiente, donde las chabolas de adobe, de chapa y de cañas se agarraban con tanta dificultad al suelo que había sido necesario consolidar su base con gruesas piedras. Se cruzaron con una mujer que bajaba por el sendero, resbalando a veces sobre sus pies desnudos, llevando sobre su cabeza erguida un bidón lleno de agua. Llegaron después a una especie de placita formada por tres chabolas. El hombre se dirigió a una de ellas y empujó la puerta de bambú, cuyos goznes estaban hechos de lianas. Se apartó sin decir nada, escrutando al ingeniero con la misma mirada impasible. Una vez dentro de la chabola, D'Arrast al principio solo pudo ver un fuego mortecino, sobre el mismo suelo, en el centro exacto de la casa. Después distinguió en un rincón, al fondo, una cama de latón con el somier desnudo y hundido, una mesa en el otro rincón, cubierta con vajilla de barro, y, entre ambos muebles, una especie de tenderete donde imperaba un cromo representando a san Jorge. Por lo demás, solo había un montón de harapos, a la derecha de la entrada, y algunos taparrabos multicolores colgaban del techo secándose encima del fuego. D'Arrast, inmóvil, respiró el olor a humo y miseria que subía del suelo y se agarraba a la garganta. Detrás de él, el jefe de puerto llamó con la palma de las manos. El ingeniero se volvió y vio llegar al instante, a contraluz, en el umbral, la graciosa silueta de una muchacha negra que le ofrecía algo: tomó el vaso y bebió el espeso aguardiente de caña que contenía. La joven ofreció la bandeja para recibir el vaso vacío y salió con un movimiento tan ligero y tan lleno de vida que D'Arrast tuvo de repente ganas de detenerla.

Pero, una vez que hubo salido detrás de ella, ya no pudo

reconocerla entre la muchedumbre de negros y de notables que se había juntado delante de la chabola. Dio las gracias al anciano, que se inclinó sin decir palabra. Después se alejó. Detrás de él, el jefe de puerto proseguía sus explicaciones, preguntaba cuándo la Sociedad Francesa de Río podría comenzar las obras y si se podría levantar el gran dique antes de la estación de lluvias. D'Arrast no lo sabía, y la verdad era que no pensaba en ello. Fue bajando hacia el río, fresco, bajo la lluvia impalpable. Seguía escuchando aquel gran ruido amplio que no había dejado de oír desde su llegada, y del que no se podía saber si lo producía el correr del agua o el crujido de los árboles. Una vez en la orilla, contempló a lo lejos la línea indecisa del mar, miles de kilómetros de agua solitaria, con África más allá, y Europa, de donde él venía.

—Jefe —dijo—, ¿de qué vive esa gente que acabamos de ver?

—Trabajan cuando se les necesita —respondió el jefe de puerto—. Somos pobres.

—¿Son esos los más pobres?

—Los más pobres.

El juez, que llegaba en aquel momento resbalando levemente sobre sus finos zapatos, añadió que aquella gente quería ya al señor ingeniero porque les iba a dar trabajo.

—Y, sabe usted —dijo—, bailan y cantan todos los días.

Después, sin transición, preguntó a D'Arrast si había pensado ya en el castigo.

—¿Qué castigo?

—Cuál va a ser, el de nuestro jefe de policía.

—Dejémoslo.

El juez dijo que era imposible y que había que castigarle. D'Arrast echó a andar hacia Iguape.

En el pequeño Parque de la Fuente, misterioso y agradable bajo la llovizna, extraños racimos de flores colgaban a lo largo de las lianas, entre los bananeros y los pándanos. Unos montones de piedras húmedas marcaban el cruce de los senderos por los que a aquella hora circulaba una pintoresca muchedumbre. Mulatos, mestizos, algunos gauchos charlaban en voz baja o desaparecían con el mismo paso lento en los paseos de bambú hasta el lugar en que los bosquecillos y matorrales se hacían más densos, impenetrables después. Allí, sin transición, empezaba la selva.

D'Arrast buscaba a Sócrates en medio de la gente cuando lo oyó hablar a sus espaldas.

—Es fiesta —dijo Sócrates riendo y apoyándose en los altos hombros de D'Arrast para brincar.

—¿Qué fiesta?

—¡Eh! —dijo Sócrates sorprendido, haciendo frente a D'Arrast—. ¿No lo sabes? La fiesta del buen Jesús. Cada año toda la gente viene hasta la cueva con un martillo.

Sócrates no apuntaba a ninguna cueva, sino a un grupo que parecía esperar en un rincón del jardín.

—¿Lo ves? Un día, la estatua del buen Jesús llegó por mar, remontando el río. La encontraron unos pescadores. ¡Qué bonita! ¡Qué bonita! La lavaron aquí, en la cueva. Y, después, una piedra empezó a crecer en la cueva. Cada año hay una fiesta. Rompes un pedazo con el martillo, lo rompes, para la bendita felicidad. Y, después, sigue creciendo, aunque tú rompas. Es un milagro.

Habían llegado a la cueva, cuya entrada se adivinaba por encima de los hombres que esperaban fuera. En su interior, en la sombra salpicada por la temblorosa llama de los cirios, una forma acuclillada golpeaba en aquel momento con un martillo. El hombre, un gaucho delgado de largos mostachos, se incorporó y salió, llevando en la palma de su mano, ofrecida a todas las miradas, un pequeño fragmento de pizarra húmeda sobre

el cual, al cabo de algunos segundos, cerró la mano con precaución. Otro hombre entró entonces en la cueva agachándo-
se. D'Arrast se dio la vuelta. A su alrededor los peregrinos
esperaban sin mirarle, impasibles bajo la fina cortina de agua
que caía de los árboles. También él esperó delante de la cueva,
bajo la misma bruma de agua, sin saber qué. En verdad, no
había dejado de esperar desde hacía un mes, desde que había
llegado a aquel país. Había esperado en el calor rojizo de los
días húmedos, bajo las estrellas menudas de la noche, a pesar
de todas las tareas que le concernían, diques por levantar, carreteras que trazar, como si el trabajo para el que había acu-
dido allí no fuera más que un pretexto, el motivo de una sorpresa, o de un encuentro que ni siquiera podía imaginar, pero
que le estaba esperando pacientemente en aquel fin del mundo.
Echó a andar y se alejó sin que nadie, en el pequeño grupo,
prestara atención, y se dirigió hacia la salida. Tenía que volver
al río y empezar a trabajar.

Pero Sócrates le estaba esperando en la puerta, enfrascado en
una conversación voluble con un hombre pequeño y gordo, es-
tirado, de piel amarilla más que negra. Su cráneo, afeitado por
completo, agrandaba una frente agradablemente curvada. Su
amplio rostro liso se adornaba, al contrario, con una barba muy
negra, cortada en ángulo recto.

—¡Este, campeón! —dijo Sócrates a modo de presenta-
ción—. Mañana hace la procesión.

El hombre, vestido con traje de marino de sarga burda, un
jersey de rayas azules y blancas bajo la guerrera, examinaba a
D'Arrast atentamente con ojos negros y tranquilos. Al mismo
tiempo, sonreía mostrando todos sus dientes blancos entre los
labios gruesos y relucientes.

—Habla español —dijo Sócrates, y luego añadió volviéndose hacia el desconocido—: Cuéntale al señor D'Arrast.

Después se alejó contoneándose hacia otro grupo. El hombre dejó de sonreír y contempló a D'Arrast con franca curiosidad.

—¿Te interesa eso, capitán?

—Yo no soy capitán —dijo D'Arrast.

—Es igual. Eres señor. Sócrates me lo ha dicho.

—Yo no. Pero mi abuelo lo era. Su padre también, y todos los que precedieron a su padre. Ahora ya no hay señores en nuestros países.

—¡Ah! —dijo el negro riendo—. Ya entiendo, ahora todo el mundo es señor.

—No, no es eso. Ya no hay ni señores ni pueblo.

El otro reflexionó, luego se decidió.

—¿Nadie trabaja, nadie sufre?

—Sí, millones de personas.

—Entonces, ese es el pueblo.

—Visto así, sí, hay un pueblo. Pero sus señores son policías o comerciantes.

El rostro benevolente del mulato se puso serio. Después gruñó:

—¡Hum! Comprar y vender, eh. ¡Qué basura! Y con la policía son los perros los que mandan.

Y se echó a reír.

—¿Tú no vendes?

—Casi nada. Yo hago puentes, carreteras.

—No está mal eso. Yo soy cocinero en un barco. Si quieres, te haré nuestro plato de frijoles negros.

—Con gusto.

El cocinero se acercó a D'Arrast y lo tomó del brazo.

—Escucha, me gusta lo que dices. Y voy a decirte algo yo también. A lo mejor te gusta.

Lo llevó a un banco de madera húmeda, cerca de la entrada, junto a un bosquecillo de bambú.

—Una vez estaba yo navegando, cerca de Iguape, en un pequeño petrolero que hace el cabotaje para aprovisionar a los puertos de la costa. Hubo un incendio a bordo. No por culpa mía, ¿eh?, conozco mi oficio. No. Fue una desgracia. Pudimos echar los botes salvavidas al agua. Por la noche el mar se encrespó, el bote se volcó y me hundí. Cuando volví a la superficie, me golpeé la cabeza contra el bote. Fui a la deriva. La noche era oscura, las olas eran grandes y yo nado mal, tuve mucho miedo. De repente vi una luz a lo lejos, reconocí la cúpula del buen Jesús de Iguape. Entonces dije al buen Jesús que llevaría en la procesión una piedra de cincuenta kilos sobre la cabeza si me salvaba. No me vas a creer, pero el mar se calmó y mi corazón también. Eché a nadar lentamente, me sentía feliz, y llegué a la costa. Mañana cumpliré mi promesa.

Se detuvo para mirar a D'Arrast con un aire repentinamente suspicaz.

—No te estarás riendo, ¿eh?

—No me río. Hay que cumplir lo prometido.

El otro le golpeó en el hombro.

—Ahora ven donde mi hermano, al lado del río. Te prepararé unos frijoles.

—No —dijo D'Arrast—, tengo que hacer. Esta noche, si quieres.

—Bien. Pero esta noche se baila y se reza en la chabola grande. Es la fiesta de san Jorge.

D'Arrast le preguntó si bailaba también. El rostro del cocinero se puso tenso de repente; sus ojos, por primera vez, se hicieron huidizos.

—No, no, yo no bailaré. Mañana tengo que llevar la piedra. Pesa mucho. Iré esta noche para festejar al santo. Y me retiraré temprano.

—¿Dura mucho?

—Toda la noche, y algo por la mañana.

Miró a D'Arrast con una expresión vagamente avergonzada.

—Ven al baile y me llevas luego. De otro modo me quedaré, y bailaré, a lo mejor no puedo evitarlo.

—¿Te gusta bailar?

Los ojos del cocinero brillaron con una especie de glotonería.

—¡Oh! Claro que me gusta. Y además hay cigarros, y santos, y mujeres. Se olvida uno de todo y no obedece a nada.

—¿Hay mujeres? ¿Todas las mujeres de la ciudad?

—De la ciudad no, de las chabolas.

El cocinero recuperó su sonrisa.

—Ven. Yo obedezco al capitán. Y mañana me ayudarás a cumplir mi promesa.

D'Arrast se sentía algo molesto. ¿Qué le importaba aquella absurda promesa? Miró aquel bello rostro abierto que le sonreía confiado, cuya piel negra brillaba de salud y vida.

—Iré —dijo—. Ahora te voy a acompañar un rato.

Sin saber por qué, volvió a ver al mismo tiempo a la muchacha que le había presentado la ofrenda de bienvenida.

Salieron del parque, caminaron a lo largo de algunas calles embarradas y llegaron a la plaza llena de baches, cuya amplitud parecía aún mayor por la poca altura de las casas que la rodeaban. Ahora la humedad rezumaba por el revestimiento de las paredes, aunque la lluvia no había ido a más. A través de los espacios esponjosos del cielo llegaba hasta ellos el rumor sordo del río y de los árboles. Andaban al mismo paso, el de D'Arrast pesado, musculoso el del cocinero. De vez en cuando este levantaba la cabeza y sonreía a su amigo. Tomaron la dirección de la iglesia que se divisaba por encima de las casas y alcanzaron el otro extremo de la plaza. Luego siguieron caminando a lo largo de calles embarradas en las que ahora flotaban agresivos olores de cocina. De vez en cuando, una mujer con un plato o un utensilio de cocina en la mano asomaba su rostro curioso por una de las puertas y desaparecía al instante. Pasaron delante de la iglesia, entraron en un barrio antiguo, entre el mismo tipo de casas bajas, y desembocaron de repente sobre el ruido del río invisible, detrás del barrio de chabolas que D'Arrast reconoció.

—Bueno, te dejo. Hasta la noche —dijo.

—Sí, delante de la iglesia.

Pero al mismo tiempo el cocinero seguía reteniendo la mano de D'Arrast. Titubeó. Después se decidió:

—¿Y tú? ¿Nunca has hecho un ruego, ni una promesa?

—Sí, creo que una vez.

—¿En un naufragio?

—Más o menos.

D'Arrast soltó la mano bruscamente, pero en el momento de girar sobre sus talones encontró la mirada del cocinero. Dudó un instante y después sonrió.

—Puedo contártelo, pero no tiene importancia. Había alguien que iba a morir por culpa mía. Me parece que entonces hice un ruego.

—¿Hiciste también una promesa?

—No. Me habría gustado hacerla.

—¿Hace mucho tiempo?

—Poco antes de venir aquí.

El cocinero se mesó la barba con ambas manos. Sus ojos brillaban.

—Tú eres un capitán —dijo—. Mi casa es tuya. Y, además, me vas a ayudar a cumplir mi promesa, es como si la hicieras tú mismo. Eso también te ayudará.

D'Arrast sonrió.

—No lo creo.

—Eres muy orgulloso, capitán.

—Antes lo era, ahora estoy solo. Pero dime una cosa, ¿siempre te ha respondido tu buen Jesús?

—¡Siempre no, capitán!

—¿Entonces?

El cocinero estalló en una carcajada infantil y fresca.

—Bueno —dijo—. Él también es libre, ¿no?

En el club, mientras D'Arrast almorzaba con los notables, el alcalde le dijo que tenía que firmar en el libro de oro del ayuntamiento para que quedara al menos un testimonio del gran acontecimiento que constituía su visita a Iguape. Al juez se le ocurrieron por su parte dos o tres nuevas fórmulas para celebrar, además de la virtud y el talento de su invitado, la sencillez con que representaba entre ellos al gran país al que tenía el honor de pertenecer. D'Arrast respondió solamente que tenía ese honor, que sin duda lo era, según su convicción, y que también tenía la ventaja de haber conseguido para su compañía la adjudicación de aquellas importantes obras. A lo cual el juez volvió a asombrarse ante tanta humildad. «A propósito —dijo—, ¿ha pensado ya lo que tenemos que hacer con el jefe de policía?». D'Arrast lo miró sonriente. «Ya lo sé». Consideraría un favor personal y una gracia absolutamente excepcional que se tuviera la bondad de perdonar en su nombre a aquel despistado, con el fin de que su estancia, la suya, la de D'Arrast, que tanto se alegraba de poder conocer la hermosa ciudad de Iguape y a sus generosos habitantes, pudiera iniciarse en un clima de concordia y de amistad. El juez, atento y sonriente, asintió con la cabeza. Meditó un momento la fórmula, como buen conocedor, y después se dirigió a los asistentes para que aplaudieran las magnánimas tradiciones de la gran nación francesa, y volviéndose de nuevo hacia D'Arrast se declaró satisfecho. «Ya que es así —concluyó—, esta noche cenaremos con el

jefe». Pero D'Arrast dijo que unos amigos le habían invitado
a la ceremonia de los bailes, delante de las chabolas. «¡Ah, sí!
—dijo el juez—. Me alegro de que vaya. Ya verá usted que es
imposible no amar a nuestro pueblo».

Aquella noche, D'Arrast, el cocinero y su hermano se encontraron sentados alrededor de un fuego apagado, en el centro
de la misma chabola que el ingeniero había visitado por la mañana. Aparentemente, el hermano no se había sorprendido al
verle. Apenas hablaba español y la mayor parte del tiempo se
limitaba a asentir con la cabeza. En cuanto al cocinero, se in-
teresó primero por las catedrales, y luego disertó ampliamente sobre la sopa de frijoles. En aquel momento la luz había desaparecido casi por completo, y, aunque D'Arrast aún podía ver
al cocinero y a su hermano, distinguía mal al fondo de la chabola las siluetas acuclilladas de una mujer vieja y de la jovencita que le había servido de nuevo. Al fondo del terraplén se
oía el río monótono.

   El cocinero se levantó y dijo: «Es la hora». Se levantaron,
pero las mujeres no se movieron. Los hombres salieron solos.
D'Arrast dudó un instante, luego se sumó a los otros. La noche
había caído, la lluvia había cesado. El cielo, de un negro pálido,
parecía todavía líquido. En sus aguas transparentes y sombrías
empezaban a alumbrar las estrellas, por encima del horizonte.
Al momento se apagaban y caían unas sobre otras en el río,
como si el cielo dejara gotear sus últimas luces. El aire espeso
olía a humo y agua. Se oía también el rumor cercano de la
selva enorme, inmóvil sin embargo. De repente se elevaron en
la lejanía cánticos y tambores, que se fueron acercando y luego
callaron. Poco después, vieron aparecer una hilera de muchachas negras, vestidas con faldas blancas de seda burda, con el

talle muy bajo. Las seguía un gran negro, embutido en una casaca roja sobre la que colgaba un collar de dientes multicolores, y detrás de él, en desorden, un tropel de hombres vestidos con pijamas blancos y músicos provistos de triángulos y de tambores anchos y cortos. El cocinero dijo que había que acompañarlos.

La chabola a la que llegaron siguiendo la orilla a unos centenares de metros de las últimas construcciones era grande, estaba vacía y era relativamente confortable, con las paredes revocadas en el interior. El suelo era de tierra apisonada, el techo, de cañizo y paja, sostenido por un poste central, con las paredes desnudas. Sobre un pequeño altar tapizado de hojas de palma, al fondo, y cubierto de velas que iluminaban apenas la mitad de la sala, se veía una soberbia estampa en la que san Jorge, con aire seductor, dominaba a un dragón bigotudo. Una especie de nicho bajo el altar, forrado de papeles formando una rocalla, abrigaba entre un cirio y una escudilla de agua una pequeña estatua de barro, pintada de rojo, que representaba un dios cornudo. Blandía con aire feroz un cuchillo desmesurado de papel de plata.

El cocinero condujo a D'Arrast a un rincón, donde permanecieron de pie, pegados contra la pared, cerca de la puerta. «Así podremos irnos sin molestar», murmuró el cocinero. En efecto, la chabola estaba llena de hombres y mujeres, apretujados los unos contra los otros. El calor empezaba a apretar. Los músicos fueron a instalarse a ambos lados del pequeño altar. Los bailarines y las bailarinas se separaron en dos círculos concéntricos, con los hombres en el interior. El jefe negro de la casaca roja fue a colocarse en el centro. D'Arrast se pegó a la pared, cruzado de brazos.

Pero el jefe, abriéndose paso a través del círculo de bailarines, se dirigió hacia ellos con aire grave y dijo unas palabras

al cocinero. «No cruces los brazos, capitán —dijo el cocinero—. No te encojas, porque impides que el espíritu del santo
descienda». Dócilmente, D'Arrast dejó caer los brazos. Con
la espalda pegada aún contra la pared, parecía también un dios
bestial y tranquilizador, con sus miembros largos y pesados,
con su rostro brillante de sudor. El negro gigantesco lo miró
y, después, satisfecho, volvió a ocupar su lugar. Al momento
entonó con una voz de clarín las primeras notas de una melodía
que todos siguieron cantando a coro, acompañados por los
tambores. Entonces los círculos empezaron a girar en senti-
dos inversos, en una especie de danza pesada e insistente que
más parecía un pateo ligeramente acentuado por la doble on-
dulación de las caderas.

El calor había ido en aumento. Sin embargo, las pausas
fueron disminuyendo poco a poco, las paradas se espaciaron y
la danza fue precipitándose. Sin que menguara el ritmo de los
demás y sin dejar de bailar, el gran negro se abrió paso de nuevo entre los círculos para dirigirse al altar. Regresó con un vaso
de agua y con un cirio que colocó en el suelo, en el centro de
la choza. Vertió el agua alrededor de la vela en dos círculos
concéntricos y después, irguiéndose de nuevo, levantó hacia el
techo su mirada enloquecida. Esperaba inmóvil, con todo su
cuerpo en tensión. «San Jorge llega. Mira, mira», murmuró
el cocinero con los ojos fuera de las órbitas.

En efecto, algunos bailarines parecían en trance, pero en
un trance congelado, con las manos en los riñones, el paso
rígido, la mirada fija y átona. Otros precipitaron su ritmo,
convulsionándose, y empezaron a lanzar gritos inarticulados.
Poco a poco, los gritos fueron en aumento y, cuando se con-
fundieron en un aullido colectivo, el jefe, con los ojos todavía
alzados, lanzó un largo clamor que apenas llegaba a formar
una frase, al límite de su aliento, y en la cual se repetían las

mismas palabras. «¿Ves? —murmuró el cocinero—, dice que es el campo de batalla del dios». D'Arrast se sorprendió por el cambio de voz y miró al cocinero, que se había inclinado hacia delante, apretando los puños, con la mirada fija, imitando sin moverse de su lugar el pateo rítmico de los demás. Entonces se percató de que también él hacía un rato que bailaba con todo su peso sin desplazar los pies.

De repente los tambores sonaron arrebatadoramente y el gran diablo rojo enloqueció. Con los ojos inyectados en sangre, con sus cuatro extremidades girando alrededor de su cuerpo, caía sobre cada una de sus piernas doblando la rodilla, una y otra vez, acelerando su ritmo hasta tal punto que parecía que fuera a descuartizarse. Pero bruscamente se detuvo en plena agitación para contemplar a los asistentes con un aire fiero y terrible, en medio de la tempestad de tambores. Al momento, un bailarín que surgió de un rincón sombrío se arrodilló y presentó al poseso un sable corto. El negro gigantesco lo tomó sin dejar de mirar a su alrededor, y después lo hizo girar por encima de su cabeza. En el mismo instante D'Arrast vio al cocinero bailar en medio de los demás. El ingeniero no lo había visto separarse de él.

Un polvo asfixiante subía del suelo en medio de la luz rojiza e incierta, haciendo aún más espeso el aire que se pegaba a la piel. D'Arrast empezó a sentir que poco a poco la fatiga se apoderaba de él; respiraba cada vez peor. Ni siquiera pudo observar cómo habían hecho los bailarines para obtener los enormes cigarros que en aquel momento estaban fumando sin dejar de bailar, cuyo extraño olor llenaba la choza y embriagaba un poco. Solo vio al cocinero pasando cerca de él, bailando, chupando también su cigarro: «No fumes», dijo. El cocinero gruñó sin abandonar el ritmo de sus pasos, contemplando el poste central con la expresión de un boxeador sonado, mientras un largo y perpetuo escalofrío le recorría la nuca. A su lado, una mujer negra, gruesa, agitando a izquierda y derecha su rostro animal, ladraba sin cesar. Pero las negras jóvenes, sobre todo, entraban en el más espantoso trance con los pies pegados al suelo y el cuerpo recorrido de los pies a la cabeza por convulsiones cada vez más violentas a medida que llegaban a la altura de los hombros. Entonces su cabeza se agitaba de atrás hacia delante, literalmente separada de un cuerpo decapitado. Todos se pusieron a aullar al mismo tiempo, sin interrupción, con un largo grito colectivo e incoloro, sin respiración aparente, sin modulaciones, como si los cuerpos formaran un nudo, músculos y nervios en una sola emisión agotadora que terminaba por conceder la palabra dentro de cada uno de ellos a un ser que hasta ese momento había permanecido absolutamente silencioso. Y, sin que cesara el grito, las mujeres, una a una, empezaron a caerse. El jefe negro se arrodilló junto a cada una de ellas, apretando rápida y convulsivamente sus sienes con su manaza de negros músculos. Entonces volvían a levantarse, titubeando, y se reincorporaban a la danza y proseguían sus gritos, débilmente al principio, más alto y más rápido después, para caerse de nuevo y levantarse una vez más, y volver a empezar durante largo tiempo, hasta que el grito general empezó a debilitarse y alterarse y degeneró en una suerte de ronco ladrido sacudido por sus eructos. D'Arrast, agotado, con los músculos crispados por su larga danza inmóvil, ahogado en su propio mutismo, sintió que vacilaba. El calor, el polvo, el humo de los cigarros, el hedor humano habían hecho el aire totalmente irrespirable. Buscó al cocinero con la mirada; había desaparecido. Entonces D'Arrast se dejó deslizar apoyado en la pared y permaneció en cuclillas, reteniendo una náusea.

Cuando abrió de nuevo los ojos, el aire seguía siendo tan asfixiante como antes, pero el ruido había cesado. Solo los tambores emitían un ritmo de bajo continuo, siguiendo el cual los grupos cubiertos con telas blancas bailaban pateando por todos los rincones de la choza. Pero ahora, en el centro del lugar, despejado ya del vaso y del cirio, un grupo de jóvenes negras bailaba lentamente en estado semihipnótico, siempre a punto de dejarse sobrepasar por el ritmo. Se balanceaban levemente de atrás hacia delante, con los ojos cerrados y sin embargo erguidas, alzándose sobre la punta de los pies, casi sin avanzar. Dos de ellas, obesas, tenían el rostro cubierto con un velo de rafia. Escoltaban a otra jovencita, alta y delgada, vestida, en quien D'Arrast reconoció de repente a la hija de su anfitrión. Ataviada con una falda verde, llevaba un sombrero de cazador envuelto en gasa azul, levantado sobre la frente, adornado con plumas de mosquetero, y sujetaba entre las manos un arco verde y amarillo armado con una flecha, en cuya punta se veía atravesado un pájaro multicolor. Su hermosa cabeza oscilaba lentamente sobre su cuerpo grácil, un poco echada hacia atrás, y su rostro adormecido reflejaba una melancolía inalterable e inocente. Cuando la música hacía una pausa, titubeaba, soñolienta. Solo el ritmo reforzado de los tambores parecía proporcionarle una especie de apoyo invisible alrededor del cual ella enredaba sus blandos arabescos hasta que, deteniéndose otra vez al mismo tiempo que la música, se tambaleaba al borde del equilibrio, y lanzaba un extraño grito de ave, agudo y sin embargo melodioso.

Fascinado por aquella danza lenta, D'Arrast se hallaba contemplando a la Diana negra cuando el cocinero surgió delante de él, con su rostro antes liso ahora descompuesto. La bondad había desaparecido de sus ojos, que solo reflejaban una especie de desconocida avidez. Como si hablara con un extraño, sin benevolencia, dijo: «Es tarde, capitán. Van a bailar toda la noche, pero ahora ya no quieren que tú te quedes». D'Arrast se incorporó con la cabeza pesada y siguió al cocinero que se dirigía hacia la puerta pegado a la pared. En el umbral, el cocinero desapareció un instante mientras levantaba la puerta de bambú y D'Arrast salió. Se dio la vuelta y miró al cocinero que no se había movido.

—Ven. Dentro de un rato tendrás que cargar con la piedra.

—Me quedo —dijo el cocinero con aire enfurruñado.

—¿Y tu promesa?

Sin responder, el cocinero empujó poco a poco la puerta que D'Arrast sostenía con una sola mano. Permanecieron así un segundo y D'Arrast cedió, encogiéndose de hombros. Se alejó.

La noche se había llenado de olores frescos y aromáticos. Por encima de la selva, las raras estrellas del cielo austral brillaban débilmente, apagadas por una bruma invisible. El aire era húmedo y pesado. Sin embargo, al salir de la choza, provocaba una sensación de delicioso frescor. D'Arrast subió por la pendiente resbaladiza, llegó a las primeras chabolas, tropezando como un hombre ebrio por el camino lleno de agujeros. La selva cercana gruñía débilmente. El ruido del río aumentaba y todo el continente emergía de la noche a medida que D'Arrast se sentía invadido por el desaliento. Parecía que deseara vomitar todo aquel país, la tristeza de sus grandes espacios, la luz verdosa de las selvas y el chapoteo nocturno de sus grandes ríos desiertos. Aquella tierra era demasiado grande, la sangre y las estaciones se confundían, el tiempo se hacía líquido. Allí la vida transcurría a ras del suelo y, para integrarse, había que acostarse y dormir, durante años, sobre el mismo suelo embarrado o seco. En Europa dominaban la vergüenza y la cólera. Allí eran el exilio o la soledad en medio de aquellos locos lánguidos que bailaban para morir. Pero, a través de la noche húmeda, llena de olores vegetales, aún percibió el extraño grito de pájaro herido de la hermosa muchacha adormecida.

Cuando D'Arrast se despertó después de un mal sueño, con la cabeza atravesada por la barra de una espesa migraña, el calor húmedo aplastaba la ciudad y la selva inmóvil. Se hallaba esperando bajo el porche del hospital, consultando su reloj parado, sin estar seguro de la hora, asombrado por toda aquella luz y aquel silencio que venía de la ciudad. El cielo era de un azul casi franco, apoyándose en el perfil de los primeros tejados de colores apagados. Unos urubúes amarillentos dormían, paralizados por el calor, sobre la casa que se hallaba frente al hospital. De repente uno de ellos se desperezó, abrió el pico, tomando ostensiblemente todas las disposiciones para alzar el vuelo, golpeando por dos veces sus alas polvorientas contra el cuerpo, elevándose algunos centímetros por encima del tejado para volver a caer y dormirse al momento.

El ingeniero bajó a la ciudad. La plaza principal estaba desierta, lo mismo que las calles que acababa de recorrer. De cada lado del río, a lo lejos, una bruma baja flotaba sobre la selva. El calor caía verticalmente y D'Arrast buscó un rincón de sombra para resguardarse. Entonces descubrió a un hombre pequeño que le hacía señas desde debajo del alero de una de las casas. Al acercarse, reconoció a Sócrates.

—Bien, señor D'Arrast, ¿te gustó la ceremonia?

D'Arrast dijo que en la choza hacía demasiado calor y que había preferido el cielo y la noche.

—Sí —dijo Sócrates—, en tu país solo hay misas. Nadie baila.

Se frotaba las manos saltando de un pie a otro, girando sobre sí mismo, riéndose hasta perder el aliento.

—Increíbles, son increíbles.

Después miró a D'Arrast con curiosidad.

—¿Tú no vas a misa?

—No.

—Entonces ¿dónde vas?

—No sé. A ninguna parte.

Sócrates seguía riendo.

—¡No es posible! ¡Un señor sin iglesia, sin nada!

D'Arrast se echó a reír con él.

—Ya ves, no encontré mi sitio, por eso me fui.

—Quédate con nosotros, señor D'Arrast, me gustas.

—No me importaría, Sócrates, pero no sé bailar.

Sus carcajadas resonaban en el silencio de la ciudad desierta.

—Ah —dijo Sócrates—, se me olvidaba. El alcalde quiere verte. Almuerza en el club.

Y sin añadir nada más se alejó en dirección al hospital.

—¿Dónde vas? —gritó D'Arrast.

Sócrates imitó un ronquido.

—A dormir. Después es la procesión.

Echando a correr a medias, siguió con sus ronquidos.

El alcalde deseaba únicamente dar a D'Arrast un lugar de honor para contemplar la procesión. Se lo explicó al ingeniero mientras le hacía compartir un plato de carne y arroz como quisiera hacer milagros con un paralítico. Primero se instalarían en casa del juez, en un balcón, delante de la iglesia, para ver salir el cortejo. Después irían al ayuntamiento, en la calle principal que iba de la plaza a la iglesia, por donde los penitentes pasarían a su regreso. El juez y el jefe de policía acompañarían a D'Arrast porque el alcalde estaba obligado a participar en la ceremonia. En efecto, el jefe de policía se encontraba en la sala del club, dando vueltas sin cesar alrededor de D'Arrast con una infatigable sonrisa en los labios, prodigándole discursos incomprensibles, pero evidentemente afectuosos. Cuando D'Arrast bajó, el jefe de policía se precipitó para despejarle el camino, manteniendo abiertas las puertas delante de él.

Bajo el sol macizo, los dos hombres se dirigieron a casa del juez a través de la ciudad aún desierta. Sus pasos resonaban en el silencio, solitarios. Pero, de repente, un petardo estalló en una calle próxima y provocó el vuelo de los urubúes de cuello pelado sobre los edificios cercanos en pesados y torpes ramilletes. Casi al momento, decenas de petardos empezaron a estallar en todas direcciones, las puertas se abrieron y la gente comenzó a salir de las casas para llenar las estrechas callejuelas.

El juez expresó a D'Arrast el orgullo que sentía al acogerlo en su indigna mansión y lo hizo subir al piso superior por una hermosa escalera barroca encalada de azul. Al paso de D'Arrast se abrieron las puertas de los rellanos, de donde surgían morenas cabezas de niños que desaparecían al momento con risas ahogadas. La sala de honor, de bella arquitectura, solo contenía muebles de mimbre y grandes jaulas de pájaros de parloteo ensordecedor. El balcón donde se instalaron daba sobre la pequeña plaza, delante de la iglesia. La muchedumbre empezaba a llenarla, extrañamente silenciosa, inmóvil bajo el calor que bajaba del cielo en oleadas casi visibles. Solo los niños corrían alrededor de la plaza, deteniéndose bruscamente para encender petardos cuyas detonaciones iban sucediéndose. La iglesia, vista desde el balcón, parecía más pequeña, con sus muros encalados, su docena de peldaños pintados de azul, sus dos torres azul y oro.

De repente, en el interior de la iglesia resonaron los órganos. La muchedumbre, vuelta hacia el porche, se fue alineando a ambos lados de la plaza. Los hombres se descubrieron la cabeza, las mujeres se arrodillaron. Los órganos tocaban en la lejanía una especie de larga marcha. Más tarde, un extraño ruido de élitros llegó de la selva. Un minúsculo avión de alas transparentes y de fuselaje frágil, insólito en aquel mundo fuera del tiempo, surgió por encima de los árboles, descendió un poco hacia la plaza y pasó con el rumor de una gran alcancía por encima de las cabezas que se alzaban hacia él. A continuación, el avión giró y se alejó hacia el estuario.

Pero en la sombra de la iglesia una oscura agitación atrajo de nuevo la atención general. Los órganos habían callado, sustituidos por los instrumentos de cobre y los tambores, invisibles bajo el porche. Unos penitentes recubiertos de pellizas negras fueron saliendo de uno en uno de la iglesia, se reagruparon en el porche y fueron bajando la escalinata. Detrás de ellos venían los penitentes blancos llevando estandartes rojos y azules, y después un pequeño tropel de muchachos vestidos de ángeles, congregaciones de hijos de María, de rostros pequeños, graves y negros, y finalmente, en una peana multicolor llevado por sudorosos notables en sus trajes oscuros, la efigie del mismísimo Jesús, con un cetro de caña en la mano y la cabeza coronada de espinas, sangrante y oscilante por encima de la muchedumbre que se apiñaba en los peldaños del porche.

Cuando la peana llegó al final de la escalinata, hubo una pausa durante la cual los penitentes intentaron alinearse de forma más o menos ordenada. Entonces fue cuando D'Arrast vio al cocinero. Acababa de salir al atrio, con el torso desnudo, llevando sobre su cabeza barbuda un enorme bloque rectangular que descansaba sobre una placa de corcho encima del cráneo. Bajó con paso firme los peldaños de la iglesia, manteniendo la piedra en exacto equilibrio con el arco de sus brazos cortos y musculosos. En cuanto llegó detrás de la peana, la procesión se puso en marcha. Entonces los músicos surgieron del porche, vestidos con casacas de colores vivos, soplando a pleno pulmón en sus instrumentos de cobre adornados con cintas. Los penitentes avivaron el paso al ritmo de una marcha acelerada y alcanzaron una de las calles que daban a la plaza. Cuando la peana desapareció detrás de ellos, solo se pudo ver al cocinero y a los últimos músicos. A continuación la muchedumbre echó a andar en medio de las detonaciones, mientras el avión volvía a pasar por encima de los últimos grupos con fuerte ruido de pistones y mecánica. D'Arrast solo miraba al cocinero que en aquel momento desaparecía en la calle y le pareció que sus hombros flaqueaban. Pero a aquella distancia veía mal.

El jefe de policía y D'Arrast alcanzaron entonces el ayuntamiento a través de las calles vacías, con los comercios cerrados y las puertas atrancadas. A medida que se iban alejando de la fanfarria y de las detonaciones, el silencio volvía a adueñarse de la ciudad, y algunos urubúes regresaban ya a tomar posesión de los tejados de la plaza que parecían haber ocupado desde siempre. El ayuntamiento se abría sobre una calle estrecha, pero larga, que conducía de uno de los barrios exteriores hasta la plaza de la iglesia. De momento estaba vacía. Desde el balcón del ayuntamiento solo se divisaba hasta perderse de vista la calzada medio hundida, donde la lluvia reciente había dejado algunos charcos. El sol, que ya había bajado un poco, coloreaba todavía del otro lado de la calle las fachadas ciegas de las casas.

Esperaron largo rato, tanto tiempo, en realidad, que D'Arrast, a fuerza de contemplar la reverberación del sol en la pared de enfrente, sintió que volvían el vértigo y la fatiga. La calle vacía, con sus casas desiertas, le atraía y le repugnaba a la vez. De nuevo quiso huir de aquella tierra, y al mismo tiempo pensaba en aquella piedra enorme y deseaba que la promesa hubiera terminado. Iba a proponer que bajaran para ir en busca de noticias cuando las campanas de la iglesia empezaron a repicar a todo vuelo. En el mismo momento estalló un tumulto a su izquierda, en la otra punta de la calle, y apareció la hirviente muchedumbre. Se la veía a lo lejos, aglutinada en torno a la peana, peregrinos y penitentes confundidos, avanzando en medio de los petardos y de los aullidos de júbilo, a lo largo de la calle estrecha. En algunos segundos la llenaron completamente, avanzando hacia el ayuntamiento en un indescriptible desorden de razas, edades y vestimentas mezclados en una masa abigarrada, sembrada de ojos y bocas vociferantes, de donde surgían como lanzas un ejército de cirios cuyas llamas se evaporaban en la ardiente luz del día. Pero cuando estuvieron más cerca, cuando la muchedumbre, bajo el balcón, parecía subir por las paredes de puro densa, D'Arrast vio que el cocinero no estaba allí.

Obedeciendo a un único impulso y sin excusarse, abandonó el balcón y la habitación, se precipitó escaleras abajo y se encontró en la calle, bajo la tormenta de campanas y de petardos. Tuvo que luchar contra el gentío alegre, contra los portadores de cirios, contra los penitentes ofuscados. Pero irresistiblemente, empujando contracorriente con todo su peso la marea humana, consiguió abrirse camino con un movimiento tan impulsivo que tropezó y estuvo a punto de caer cuando se vio libre, a espaldas de la muchedumbre, al otro extremo de la calle. Esperó para recuperar la respiración apoyado contra la pared caliente. Después reanudó la marcha. En aquel mismo instante un grupo de hombres desembocó en la calle. Los primeros andaban de espaldas y D'Arrast vio que rodeaban al cocinero.

Este se hallaba visiblemente extenuado. Se detenía, y después, encorvado bajo la enorme piedra, corría un poco con el paso apresurado de los culis y de los descargadores de muelles, aquel pequeño trote de la miseria, rápido, con el pie golpeando el suelo con toda la planta. A su alrededor, los penitentes, con las pellizas manchadas de cera fundida y de polvo, lo animaban cuando se detenía. A su izquierda, su hermano andaba o corría en silencio. A D'Arrast le parecía que les costaba un tiempo interminable recorrer el espacio que los separaba de él. Cuando estuvieron más o menos a su altura, el cocinero se detuvo de nuevo y echó a su alrededor una mirada apagada. Cuando vio a D'Arrast, se inmovilizó vuelto hacia él, aunque no parecía haberlo reconocido. Un sudor aceitoso y sucio le cubría el rostro, que había tomado un color grisáceo, con la barba llena de hilos de saliva y una espuma oscura y seca solidificada en la comisura de los labios. Intentó sonreír. Pero todo su cuerpo temblaba, inmóvil bajo su carga, salvo a la altura de los hombros, donde los músculos formaban visiblemente un nudo en una especie de crispación. El hermano, que había reconocido a D'Arrast, dijo simplemente: «Ya se ha caído». Y Sócrates, surgiendo no se sabía de dónde, se acercó para murmurarle al oído: «Demasiado baile, señor D'Arrast, toda la noche. Está cansado».

El cocinero avanzó de nuevo con las sacudidas de su trotecillo, no como alguien que quiere avanzar, sino como si quisiera escapar de la carga que lo aplastaba, o como si esperara aliviarla con el movimiento. Sin saber cómo, D'Arrast se encontró a su derecha. Puso sobre la espalda del cocinero una mano ligera, y caminó junto a él con pequeños pasos apresurados y sólidos. Al otro extremo de la calle la peana había desaparecido, y la muchedumbre, que sin duda ahora llenaba la plaza, ya no parecía avanzar. Durante unos segundos, el cocinero, escoltado por D'Arrast y por su hermano,

fue ganando terreno. Pronto solo le separaban una veintena
de metros del grupo que se había apiñado delante del ayuntamiento para verlo pasar. La mano de D'Arrast se hizo más
pesada. «Vamos, cocinero —dijo—. Un poco más». El otro
temblaba, la saliva volvía a brotar de su boca, mientras el sudor manaba literalmente de todo su cuerpo. Quiso tomar
aliento profundamente y se detuvo en seco. Se puso en marcha otra vez, dio tres pasos y vaciló. Y de repente la piedra
resbaló de su hombro, desgarrándole, y cayó al suelo hacia
delante, mientras el cocinero, desequilibrado, caía de lado.
Los que le precedían animándole dieron un salto atrás con
grandes gritos, uno de ellos recogió la placa de corcho, mientras los otros agarraban la piedra para cargarla de nuevo sobre
el cocinero.

Inclinado sobre él, D'Arrast le limpió con la mano el hombro manchado de polvo y sangre, mientras el hombre jadeaba
con el rostro pegado a la tierra. No oía nada, no se movía. Su
boca se abría con avidez a cada respiración, como si fuera a ser
la última. D'Arrast lo tomó en brazos y lo levantó con la misma facilidad que si se hubiera tratado de un niño. Lo mantuvo
de pie, apretado contra él. Inclinándose desde su alta estatura,
le hablaba junto al rostro, como para infundirle su fuerza. Al
cabo de un rato el otro se despegó de él, sangriento y terroso,
con una expresión desorientada en el rostro. Se dirigió de nuevo, titubeando, hacia la piedra que los demás levantaban un
poco. Pero se detuvo; contempló la piedra con la mirada vacía
y sacudió la cabeza. Después dejó caer los brazos a lo largo de
su cuerpo y se volvió hacia D'Arrast. Sobre su rostro arruina-
do empezaron a correr enormes lagrimones. Quería hablar,
hablaba, pero su boca apenas formaba las sílabas. «Lo he prometido —decía. Y después—: ¡Ay, capitán! ¡Ay, capitán!». Y las
lágrimas ahogaron su voz. Su hermano surgió detrás de él, y el

cocinero, llorando, se apoyó contra él, vencido, con la cabeza caída.

D'Arrast lo miró sin encontrar las palabras necesarias. Se volvió hacia la muchedumbre que gritaba de nuevo, a lo lejos. De repente arrancó la placa de corcho de las manos que la tenían y se dirigió hacia la piedra. Hizo una seña a los otros de que la levantaran y la cargó casi sin esfuerzo. Ligeramente encorvado bajo el peso de la piedra, con los hombros recogidos, resoplando un poco, miró a sus pies mientras escuchaba los sollozos del cocinero. Después, se puso en marcha a su vez con un paso poderoso y recorrió sin flaquear la distancia que le separaba de la muchedumbre, al cabo de la calle, y se abrió camino con decisión entre las primeras filas que se apartaban ante él. Entró en la plaza en medio del alboroto de las campanas y de las detonaciones, pero avanzaba entre dos hileras de espectadores que lo miraban con asombro, repentinamente silenciosos. Avanzaba manteniendo el mismo paso precipitado y la muchedumbre le fue abriendo camino hasta la iglesia. A pesar de la carga, que empezaba a destrozarle la cabeza y la nuca, vio la iglesia y la peana que parecía estar esperándole en el atrio. Se dirigió hacia ella y ya había sobrepasado el centro de la plaza cuando bruscamente, sin saber por qué, se desvió hacia la izquierda apartándose del camino de la iglesia, obligando a los peregrinos a volverse hacia él. Oyó pasos precipitados a sus espaldas. Delante de él, lo miraban boquiabiertos. No entendía lo que le gritaban, aunque le parecía comprender la palabra en portugués que repetían sin cesar. De repente Sócrates apareció delante de él, moviendo los ojos asustados, hablando sin parar y señalándole, a sus espaldas, el camino de la iglesia. «A la iglesia, a la iglesia». Eso era lo que gritaba el gentío y lo que también gritaba Sócrates. Sin embargo, D'Arrast prosiguió su marcha. Y Sócrates se apartó, levantando cómicamente los brazos al cielo, mientras poco a poco la gente callaba. Cuando D'Arrast entró en la primera calle, que ya había recorrido con el cocinero y que sabía que conducía al río, la plaza solo era un rumor confuso a sus espaldas.

Ahora la piedra pesaba dolorosamente sobre su cráneo y necesitaba toda la fuerza de sus largos brazos para aliviar la carga. Sus hombros empezaban a crisparse cuando llegó a las primeras calles de pendiente resbaladiza. Se detuvo y aguzó el oído. Estaba solo. Equilibró la piedra sobre el soporte de corcho y empezó a bajar con pasos prudentes pero todavía firmes, hasta el barrio de chabolas. Cuando llegó, la respiración empezaba a faltarle y sus brazos temblaban en torno a la piedra. Apresuró sus pasos y llegó finalmente a la pequeña plazoleta donde se levantaba la choza del cocinero, corrió hacia ella, abrió la puerta de una patada y con el mismo impulso arrojó la piedra en el centro de la habitación, sobre el fuego que aún mostraba sus brasas. Y allí, irguiendo toda su estatura, repentinamente enorme, aspirando con grandes bocanadas desesperadas el olor de miseria y de cenizas que ahora reconocía, sintió subir en él una marea jubilosa y jadeante que no sabía nombrar. Cuando los habitantes de la choza llegaron, encontraron a D'Arrast de pie, pegado al muro del fondo, con los ojos cerrados. En el centro de la habitación, en el lugar del fuego, la piedra aparecía medio enterrada, recubierta de tierra y ceniza. Se detuvieron en el umbral sin adelantarse y miraron a D'Arrast en silencio, como si le interrogaran. Pero D'Arrast callaba. Entonces el hermano condujo cerca de la piedra al cocinero, que se dejó caer al suelo. También él se sentó haciendo una seña a los demás. La mujer anciana se unió a él, y después lo hizo la jovencita de la noche, pero nadie miraba a D'Arrast. Se habían acuclillado en torno a la piedra, silenciosos. Solo el rumor del río llegaba hasta ellos a través del aire espeso. De pie en la sombra, D'Arrast escuchaba sin ver nada, y el ruido del agua le llenaba de una tumultuosa felicidad. Con los ojos cerrados saludó alegremente a su propia fuerza, y saludó una vez más a la vida que volvía a empezar. En el mismo instante sonó una detonación que pareció muy cercana. El hermano se apartó un poco del cocinero y se volvió hacia D'Arrast sin mirarle, mostrándole el sitio libre: «Siéntate con nosotros».

Índice

«Para viajar lejos no hay mejor nave que un libro».

Gracias por tu lectura de este libro.

En **penguinlibros.club** encontrarás las mejores
recomendaciones de lectura.

Únete a nuestra comunidad y viaja con nosotros.

penguinlibros.club

Penguin
Random House
Grupo Editorial

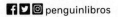
penguinlibros